So schaltet man Deutschland ein

Ganz früh am Morgen,
wenn es noch ein bisschen kalt
und feucht ist, hat Deutschland
häufig Startschwierigkeiten.
Man dreht den Schlüssel im
Haustürschloss, aber das Land
springt nicht an. In solchen Fällen
hilft ein Filterwechsel. Und wenn
man frisches Kaffeepulver
reinfüllt, ist das auch kein Fehler.

Badfliesen:

Boden: ~ 2,5 × 2 = 5 m²

Wand: Dusche

l 70+70+90

h = 2,20

WC-Wand + Rückseite Duschab[...]

Dachwand h = 1,20 × 4,2 m

Waschtisch 0,80 × 3,50

2 × 80 = 1,6

dtv

Die meisten Deutschen finden Berlin auf der Landkarte und wissen, dass der Rhein nicht ins Schwarze Meer fließt. Aber wissen wir, wie Deutschland, dieses merkwürdige Gebilde aus Autobahnen, Doppelhaushälften und Einkaufszonen, wirklich funktioniert? Wie passt das alles zusammen, wer hält es in Gang (BMW, Birkenstock oder die Bahn)? Und warum ist eine Mülltrennung ohne Scheidungsanwalt möglich? Nach umfangreichen Recherchen ist Hans Zippert in der Lage, dieses unbegreifliche Land zu erklären.

Hans Zippert hat sich in seinem früheren Leben nicht immer richtig verhalten. Deshalb wurde er 1957 als Deutscher wiedergeboren. Er versuchte, das Beste daraus zu machen und besitzt inzwischen ein deutsches Freischwimmerzeugnis, den deutschen Filmvorführschein, das deutsche Abitur und absolvierte eine dreitägige deutschsprachige Ausbildung zum Makler.
Hans Zippert war von 1990–95 Chefredakteur der deutschen Satirezeitschrift *Titanic*, ist freier Mitarbeiter von *FAZ, Geo Saison, Tomorrow* und spendet regelmäßig für die Deutsche Gesellschaft zur Rettung Schiffbrüchiger. Seit 1999 schreibt er die tägliche Kolumne »Zippert zappt« für die deutschsprachige Ausgabe der *Welt*. Nach dem phänomenalen Erfolg dieses Buchs plant er unter anderem folgende Veröffentlichungen: *So funktioniert Deutschland noch besser, Wenn Deutsche zuviel denken, Papa, was ist eigentlich ein Deutscher?* sowie *Harry Potter und der Duden des Druiden.*

Hans Zippert

So funktioniert Deutschland

Ein Handbuch

Deutscher Taschenbuch Verlag

Wichtig: Sollten Sie beim Lesen irgendwelche ungewöhnlichen Vorkommnisse bemerken, bewahren Sie bitte Ruhe. Folgen Sie den Anweisungen des Autors und verlassen Sie das Buch erst, wenn Sie die Erlaubnis dazu haben.

Ungekürzte Ausgabe
Juli 2006
2. Auflage April 2007
Deutscher Taschenbuch Verlag GmbH & Co. KG,
München
www.dtv.de
Lizenzausgabe mit der Genehmigung von Sanssouci im
Carl Hanser Verlag München Wien

Illustrationen: Brigitta Garcia-López
Umschlagkonzept: Balk & Brumshagen
Umschlagbild: gettyimages/Peter Dazeley
Satz: Druckerei C. H. Beck, Nördlingen, nach einer Vorlage von
Meike Harms
Druck und Bindung: Druckerei C. H. Beck, Nördlingen
Gedruckt auf säurefreiem, chlorfrei gebleichtem Papier
Printed in Germany · ISBN 978-3-423-20907-6

Inhalt

Wir wissen in Deutschland noch zu wenig,
was wir haben.
Fürst v. Pückler, 1785 – 1871

Warum dieses Buch geschrieben werden musste

Wer zum ersten Mal einen Blick auf Deutschland wirft, mag sich kaum vorstellen, dass dieses merkwürdige Gebilde überhaupt funktionieren könnte. Gerade ausländische Besucher sind entsetzt über defekte Inseln wie Sylt oder Rügen und Bundesländer mit komplizierten, unaussprechlichen Doppelnamen wie Mecklenburg-Vorpommern, Baden-Württemberg oder Heidemarie Wieczorek-Zeul. Und was ist der geheime Plan hinter diesem unübersichtlichen Durcheinander von Straßen, Bürgersteigen, Bergen, Tälern, Doppelhaushälften und Fußgängerzonen? Wie passt das alles zusammen, wer hält das in Gang und warum kann man in Deutschland keine vernünftigen Brötchen bekommen? Der Autor dieses Buches hat sich über vierzig Jahre in Deutschland einschließen lassen, um Antworten auf diese Fragen zu finden. Unter Einsatz seines Lebens hat er selbst in ungepflegten, übel riechenden Ecken recherchiert. Jetzt weiß er, wie Deutschland funktioniert, warum Deutschland funktioniert und wen man anrufen muss, wenn Deutschland mal kaputtgeht.

So wurde Deutschland hergestellt

Größe, Grenzen, Aufteilung, Bewohner, Gewicht, Rotation, Gravitation

Größe, Grenzen, Aufteilung, Bewohner, Gewicht, Rotation, Gravitation

Deutschland gibt es erst seit 1990. Es ist eines der neuesten Länder auf diesem Planeten. Tausende von Ingenieuren und Wissenschaftlern arbeiteten jahrhundertelang daran, Deutschland genau in die Lücke zwischen Holland, Belgien, Luxemburg, Frankreich, Schweiz, Österreich, Tschechien, Polen und Dänemark einzupassen. Das war nämlich der einzige trockene Platz, der für Deutschland auf der Erdkugel noch frei war. Am Ende des 16. Jahrhunderts sollte Deutschland im Pazifik verankert werden. Aber der Staat war nicht wasserdicht und versank spurlos. Seitdem hat Deutschland ein Überlauf-Ventil. Sollte das Land zu viel Wasser aufnehmen, kann alles bei Fedderwardersiel ablaufen. Charakterlose Flüsse wie Mosel, Rhein und Elbe versuchen aber immer wieder Deutschland in ein Feuchtgebiet zu verwandeln.

In den 30er und 40er Jahren des letzten Jahrhunderts experimentierten unfähige Kräfte mit einem viel zu großen Deutschland. Es passte hinten und vorne nicht und stand nach allen Seiten über. Deshalb sollte es einfach auf andere Länder geklebt werden, obwohl klar war, dass das niemals halten konnte. Vor allem Russland war damals unüberklebbar, denn die Kommunisten hatten das Land mit einer volkseigenen Schutzschicht versehen.

1945 wurden von dem zu großen Deutschland alle überstehenden Stellen abgehobelt. Durch eine Unachtsamkeit brach das Land dann aber in der Mitte durch und musste 1961 mittels Beton und Stacheldraht notdürftig geflickt werden. Den linken Teil nannte man BRD (Bereits Repariertes Deutschland), den rechten Teil DDR (Das Dürftigreparierte Deutschland). Beide Teile enthielten zwar die wichtigsten Bestandteile von Deutschland – nämlich Deutsche in den verschiedensten Größen –, doch schien es zu gefährlich, die Bewohner des rechten Teiles freizulassen, denn man befürchtete, sie würden alle in das bereits reparierte Deutschland laufen und der Staat könnte dadurch aus dem Gleichgewicht geraten. Französische, englische, amerikanische und russische Sicherheitskräfte sorgten dafür, dass die Deutschen das Gleichgewicht halten konnten. Die meisten Deutschen mussten sich in Nordrhein-Westfalen festhalten, an den Rändern, in Schleswig-Holstein oder im Saarland, war der Aufenthalt dagegen mehr oder weniger verboten.

Damit die Deutschen nicht alle von der Erde abrutschten und in den Weiten des Weltalls verschwanden, wurde 1949 die Schwerkraft eingeführt. Sie sorgt dafür, dass ein Deutscher, der aus dem sechsten Stock eines Wohnhauses in Gelsenkirchen fällt, auch direkt vor dem Haus auf dem Boden von Gelsenkirchen aufschlägt und nicht irgendwo in Belgien oder auf der Betageuze. Die Erdanziehung oder auch Gravitation wurde aber auch eingeführt, damit die Deutschen eine engere Beziehung zu ihrem Land aufbauen können. In etwa 40–50 m Tiefe sind in deutscher Erde in regelmäßigen Abständen Magneten vergraben. Dementsprechend wurden in die Schuhsohlen aller Bürger ohne deren Wissen Metallspäne eingearbeitet. Das ist auch der

Grund, warum ausländische Besucher irgendwie keine rechte Bindung zu Deutschland aufbauen können und bald wieder verschwinden.

Um sicherzugehen, dass die Deutschen auch richtig an Deutschland haften blieben, wurden sie zusätzlich noch mit Gewichten beschwert. Jeder Einwohner bekam eine genau festgelegte Menge an D-Mark, wenn er im linken Teil wohnte, oder Ostmark, wenn er im rechten Teil wohnte. Doch die Ostmark wog zu wenig und viele Bewohner aus dem dürftig reparierten Teil hielt es nicht länger dort und sie rutschten ab.

Deutschland ist 357 050 000 000 m^2 groß und enthält etwa 80 Millionen Einwohner sowie 3044 Millionen Säugetiere, 4,88 Milliarden Vögel, 4,5 Milliarden Fische und 166,9 Billiarden Insekten. Damit diese ungeheure Menge an Lebewesen nicht unkontrolliert aus Deutschland herausquellen kann, gibt es gewisse Grenzen, die niemand ohne weiteres überschreiten darf. Das sind zunächst die Grenzen des guten Geschmacks, die Grenzen des Anstands, die Grenzen des Wachstums und die Preisgrenzen. Dazu kommen die Geschlechtergrenzen, die Einkommensgrenzen, die Grundstücksgrenzen und die Ländergrenzen. Die werden zu festgesetzten Zeiten geöffnet und dann darf eine sorgfältig abgezählte Menge von Deutschen Urlaub in Frankreich oder Spanien machen.

Obwohl Deutschland ein ganz neues Land ist, stehen sehr viele alte Gebäude herum, manche sind über 1000 Jahre alt, sobald genug Geld da ist, kommt das alles weg. Deutsche Steine sind teilweise noch älter. Auf ihnen trampelten möglicherweise schon Dinosaurier und Mammute* herum. Heute trampeln Hessen, Sachsen oder Bayern achtlos auf den gleichen Steinen herum. Wenn man lange genug an einer beliebigen Stelle gräbt, findet man irgendwelche versteinerten Saurierbeckenknochen. In zehntausend Jahren wird man die ersten versteinerten Hessen ausgraben – mit bloßem Auge wird man sie von den lebenden nicht ohne weiteres unterscheiden können.

Schon zu Anfang des 20. Jahrhunderts hatte man im noch nicht annähernd fertig gestellten Deutschland Angst, die Felsen könnten knapp werden. Deshalb tauschte man das deutsche Bundesland Sansibar gegen ein nahe gelegenes Felslager in der Nordsee, dass unter dem Namen Helgoland allgemein bekannt ist. Von dort hätte man jederzeit Felsen abtransportieren und in Deutschland aufstellen können. Unglücklicherweise benötigte man bis heute überhaupt keine zusätzlichen Felsen. Stattdessen fehlt es an Straßen und Geld. Man hätte also lieber eine Verkehrsinsel oder die Schatzinsel gegen Sansibar eintauschen sollen.

Wissenschaftler sind nicht sicher, ob Deutschland tatsächlich seinen Platz auf der Weltkugel gefunden hat. Sollte es Probleme geben, wird es wieder losgeschraubt, in Einzelteile zerlegt und irgendwo eingelagert, bis man eine neue Verwendung dafür gefunden hat. Der Raum zwischen Holland, Belgien, Luxemburg, Frankreich, Schweiz, Österreich, Tschechien und Polen wird dann mit Beton gefüllt, überdacht und als Einkaufszentrum ausgebaut.

*(oder heißt es Mammuts bzw. Mammuta oder gibt es das Mammut gar nicht im Plural und ist es deshalb ausgestorben?)

Der Brocken ist der höchste Fels Norddeutschlands. Stünde er am Strand von Fedderwardersiel, würde er sich vor dem Betrachter von null auf 1142 Meter in die Höhe schrauben. Ein erschreckender und irgendwie auch unpassender Anblick. Deshalb fügt es sich gut, dass der Brocken Teil eines Gebirges ist, das erst ganz allmählich vom Harzvorland, über den Ost- und Westharz bis zum Ober- und Hochharz nach oben ansteigt. Trotzdem fällt der Brocken auch in dieser Umgebung sofort auf. Es existieren in Norddeutschland viele Aussichtspunkte, deren einzige Daseinsberechtigung darin besteht, dass man von ihnen aus den Brocken beobachten kann. Durch ein Fenster der HBK in Braunschweig kann man ihn bei klarer Sicht ebenso erkennen wie vom Parkplatz bei Werlaburgdorf an der A395. Auch der Aussichtsturm auf den Harlybergen bei Vienenburg eignet sich vortrefflich für die Brockenbeobachtung.

Unzählige Hotels und Pensionen tragen den Berg im Firmennamen, so zum Beispiel die »Seniorenresidenz Brockenblick« in Braunschweig oder das Restaurant »Zur Brockenhexe« in Clausthal-Zellerfeld. Weniger einladend klingt dagegen die »Brockenfleischer GmbH« in Wienrode, wo der Berg möglicherweise scheibchenweise verkauft wird. Der in jeder Beziehung außergewöhnlichen Stellung des Brockens hat auch die Regierung der DDR Rechnung getragen und ihn am 1.10.1990 zum Nationalpark erklärt. Fünf Wochen später gab es die DDR nicht mehr, der Nationalpark Hochharz existiert bis heute. Der Brocken selbst existiert sogar seit über 80 Millionen Jahren. In der Oberen Kreidezeit schichteten und schoben sich ungeheure Gesteinsmengen in annähernd brockenähnlicher Form zusammen. Mehrere Eiszeiten später präsentiert sich der Berg heute in hervorragender Verfassung.

Wer ihn besteigen will, kann sein Basislager zum Beispiel in der »Nationalparkgemeinde Schierke« aufschlagen. Dazu muss man sich von Braunlage in östlicher Richtung halten und darf sich auch nicht durch das Schild »Willkommen in Elend« abschrecken lassen. Es ist ein durchaus freundlich gemeinter Gruß, mit dem die Gemeinde Elend ihre Besucher empfängt. In der Ortsmitte verweist ein Plakat auf das bedeutendste Ereignis im Dorfleben: »Willst du original Hexen sehen, musst du zur Walpurgisnacht nach Elend gehen.« Von Elend sind es nur wenige Kilometer bis Schierke, der Heimat des »Schierker Feuersteins«, einem sehr bekömmlichen, rötlich schimmernden Halbbitter. Wir suchen uns ein Quartier in der Nähe der Schnarcherklippen, die Goethe 1784 persönlich signiert hat. Verlockt wurden wir durch einen Aushang: »Doppelzimmer mit Einzelnutzung und Abendessen 35 Euro«. Der Wirt macht zuerst ein bedenkliches Gesicht, findet dann doch noch einen Schlüssel und erklärt: »Abendessen können Sie aber nicht mehr, da hätten Sie sich früher anmelden müssen. Wären Sie mit 40 Euro einverstanden?« Die 5 Euro Aufschlag zahlt man offenbar für »ohne Abendessen«. Von unserem Bett aus sind es keine 500 Meter mehr bis zum Nationalpark. Luftlinie, versteht sich, und diese Luft ist wirklich von ausgezeichneter Qualität. Sie enthält nachts weder Braten- oder Kohldüfte noch Geräusche. Sie riecht höchstens nach Wanderurlaub.

Der Nationalpark Hochharz enthält neben dem Brocken noch zwei andere Besonderheiten, die kein anderer Nationalpark Deutschlands aufweisen kann: den Bahnhof von Schierke und das höchstgelegene Hotel Deutschlands. Der Schierker Bahnhof liegt 628 m über dem Meeresspiegel. Hier hält die Harzer Schmalspurbahn zum letzten Mal, bevor sie den Gipfel erklimmt. Für 440 Meter braucht die Dampflok 32 Minuten, wobei es sich natürlich um Höhenmeter handelt. Der Fahrgast braucht ebenfalls 32 Minuten und 14 Euro. Dass der Bahnhof im Nationalpark liegt, lässt sich nicht unbedingt als Laune der Natur erklären, sondern höchstens als Laune der Streckenführung. Als fester Bestandteil des Nationalparks sind auch die einzelnen Lebensformen des Bahnhofs besonders geschützt. Der Rostbratwürstchenmann im »Hexengrill« ebenso wie die sehr blonde Andenkenhändlerin, der Kühlautomat für Schokoriegel, der Fahrkartenverkäufer und die Angestellten der »Schierker Hexenbaude«.

Wer den höchsten Punkt des Nationalparks Hochharz und das höchstgelegene Hotel Deutschlands zu Fuß erreichen möchte, kann unter vielen gut ausgebauten Wegen wählen, die aber nicht zwangsläufig zum Ziel führen müssen. Wir besichtigen zunächst die Feuersteinklippen, die dem famosen Halbbitter ihren Namen gaben, und müssen auch hier feststellen, dass uns Goethe am 4.9.1784 zuvorgekommen ist. Über den Glashüttenweg erreichen wir in zügigem Tempo Bären- und Leistenklippe. Die Beschilderung überzeugt durch fanatische Genauigkeit: von der Tafel »Leistenklippe 0,8 km« ist es nicht weit bis »Leistenklippe 0,3 km«, kurz darauf liest man »Leistenklippe« und direkt hinter dem Schild erhebt sich tatsächlich die Leistenklippe. Mehrere Eisenleitern führen nach oben, wo ein älteres Ehepaar aufgeregt den Feldstecher schwenkt: »Haben Sie auch den Fuchs gesehen? Ganz langsam lief der da unten.« Vom Fuchs keine Spur, stattdessen ganz viel Harz und Harzvorland. Der Blick reicht wirklich sehr weit, man hat schon hier auf 908 m Höhe das Gefühl, bis zum Meer gucken zu können, wenn es nicht so diesig wäre.

Insgesamt ist es erstaunlich einsam im Nationalpark Hochharz. Auf unserer gesamten Wanderung sehen wir nur ein einziges Tier, einen kleinen schmächtigen schwarzgelben Vogel, der sich wohl auch verirrt hat. Es muss mehr Vögel geben, man hört sie ab und an in den dunklen Fichten zwitschern, aber ein ganz anderes Tier dominiert mit seinem mächtigen Pfeifen den Wald: die Harzer Schmalspurbahn. Es gibt wohl keinen Winkel im Nationalpark, in dem man ihren dampfgetriebenen Warnruf nicht hören kann, auch wenn man wie wir noch so weit vom Weg abkommt. Nach sehr langer Zeit erscheint der Brocken wieder auf einer Hinweistafel, mit der Entfernungsangabe 5 km. Wir haben für einen Kilometer zwei Stunden gebraucht. Wahrscheinlich ein Höhenkilometer. Der nächste Kilometer dauert nur zehn Minuten, dann ist die Fahrstraße zum Brocken erreicht. Ein Rettungswagen rast an uns vorbei in die Höhe – was ist passiert? Ein Zugunglück?

Auf den letzten drei Kilometern wird es voll. Schulklassen kommen uns entgegen und Scharen von Reise- und Wandergruppen. Nur wir gehen nach oben. Das scheint hier nicht die Regel zu sein. Normalerweise fährt man wohl mit der Bahn zum Gipfel und lässt sich dann von der Erdanziehung nach unten zerren. Diese Vorgehensweise ist nicht gut für die Gelenke, macht den Leuten aber sichtlich Spaß. Wenn wir von den Schulklassen absehen, die ja praktisch an jedem Ausflugsziel dieses Landes herumlärmen, wird der Brocken hauptsächlich von älteren Menschen begangen, die sich darüber freuen, dass es hier Steine gibt, die noch älter und verkalkter sind als sie.

Nach fünfstündiger Wanderung erreichen wir den völlig kahlen Gipfel des Brockens. Am Zustand des Gipfels ist nicht krankhafter Baumausfall, sondern das Wetter schuld. Auf dem Brocken herrscht eine Art alpines Klima, die Baumgrenze beginnt bei 1100 Metern. Die Kuppe ist sechs Monate lang mit Schnee bedeckt und Frost kann während acht Monaten auftreten. Die gleichen Verhältnisse werden in den Alpen übrigens erst ab 2000 Metern Höhe erreicht, der Brocken zeigt sich hier den süddeutschen Konkurrenten deutlich überlegen. Steht man auf dem Gipfelplateau, ist man zunächst verblüfft von der dichten, uneinheitlichen Bebauung. Wo kein Baum mehr wachsen will, erheben sich eine archaisch wirkende Wetterstation, ein kuppelförmiges Museum, das höchstgelegene Hotel Deutschlands, rotweiße Richtfunktürme der Telekom, das »Wolkenhäuschen« aus dem Jahr 1736, lang gestreckte Lagerhallen und der Brocken-Bahnhof mit Schnellimbiss und Andenkenversorgungsbetrieb. Verwirrung ergreift den Wanderer – wohin soll er sich wenden? Da hilft ein Blick ins Fahrplanheft der Brockenbahn: »Oben angekommen? Was nun? Genießen Sie erst einmal die einzigartige Natur und mit etwas Glück – die phantastische Aussicht.« Ganz weit könnte der Blick auch heute reichen, wenn es nicht schon wieder so dunstig wäre. Unten in der Ebene fallen verschwommene Rapsfelder ins Auge, die für eine anmutige Gliederung der Landschaft sorgen. Möglicherweise fördert die Regierung den Anbau von Raps hauptsächlich wegen seiner panora-

maverbessernden Wirkung. Von der Aussichtsplattform im siebten Stock der »Brockenherberge« sieht man noch weiter und noch mehr Rapsfelder. Im »Brockenmuseum« findet man dann all das, was man nicht gesehen hat: Auerhühner, Schwarzspechte, Bergmolche, Wasseramseln, Wildkatze, Rauhfußkauz und die stängellose Lichtnelke. Sie alle halten sich wahrscheinlich in der »Kernzone« des Nationalparks unterhalb des Gipfels auf. Dort hinein führt kein Weg und das Dickicht wirkt undurchdringlich. In der Kernzone ist die »Evolution an der Arbeit«. Alles kann dabei herauskommen, vom Brontosaurus bis zum schmächtigen gelben Vogel. Der Mensch darf nicht eingreifen, die Nationalparkverordnung verbietet es ihm. Das erstaunlichste Lebewesen des Nationalparks aber ist zweifellos Hans Steinhoff, der »Brockenwirt«. Sein Werdegang vom Betreiber eines mobilen Würstchenstandes bis zum Besitzer mehrerer Hotels und Restaurationsbetriebe ist in diversen Publikationen beschrieben, die auch im »Brockenmuseum« verkauft werden. Er hat sich in bewundernswerter Weise an das raue Klima angepasst und könnte durchaus als Sieger im Evolutionswettstreit hervorgehen. »Als Mensch ist Hans Steinhoff vielleicht einzigartig«, mutmaßt jedenfalls sein Biograf Eberhard Löblich. Die Nahrungskette auf dem Brockengipfel hat er mit Sicherheit im Griff. Bevor der Brockenwirt an die Macht kam, beherrschten die Russen den Berg. Sie umgaben das Gipfelplateau, das sich sowieso in einem scharf bewachten Sperrgebiet befand, mit einer drei Meter hohen Mauer. Vielleicht fürchteten sie eine Attacke der Original-Hexen aus Elend. Von dort oben konnten sie angeblich alle Telefongespräche zwischen Berlin und Westdeutschland abhören. Diese eher trübsinnige Beschäftigung hat ihnen derartig gut gefallen, dass sie erst 1994 den Gipfel räumten. Die ehemalige Abhörzentrale, die »Moschee«, beherbergt nun das »Brockenmuseum«. Die Sendeanlagen der Telekom deuten jedoch darauf hin, dass die Überwachung weitergeht. Vielleicht werden aber auch einfach die Selbstgespräche der wandernden Rentner abgehört.

Wir haben leider nicht genug Zeit, alle Wunder des Brockens zu besichtigen, die letzte Bahn nach Schierke geht um 18.16 Uhr und runterlaufen wollen wir nicht, wegen der Gelenke. Auf der Talfahrt hat man Gelegenheit, das Nationalparkgelände ohne Orientierungsproblem zu betrachten. Immer wieder ragen schroffe Klippen zwischen den Bäumen hervor und breite Schneisen ziehen sich durch systematisch aufgereihte Fichtenbestände. Ob hier der Borkenkäfer oder der Grenzschutz der DDR am Werk waren, wissen nur Eingeweihte. Schön sieht es nicht aus, aber wir haben es ja mit einer »Landschaft im Umbruch« zu tun. Vergnügt pfeifend läuft der Zug im Nationalparkbahnhof Schierke ein, wo der Reisende »Harzlich willkommen« geheißen wird. Ein Werbeaufdruck verspricht »harzhaft frischen Biergenuss«, ein Prospekt empfiehlt den Besuch einer »Stadt mit Harz«. In Schierke treffen wir wieder den Rettungswagen, der uns auf dem Brocken begegnet war. Der Notfall hat sich erledigt, es war ein simpler Harzinfarkt.

So entsteht ein Deutscher

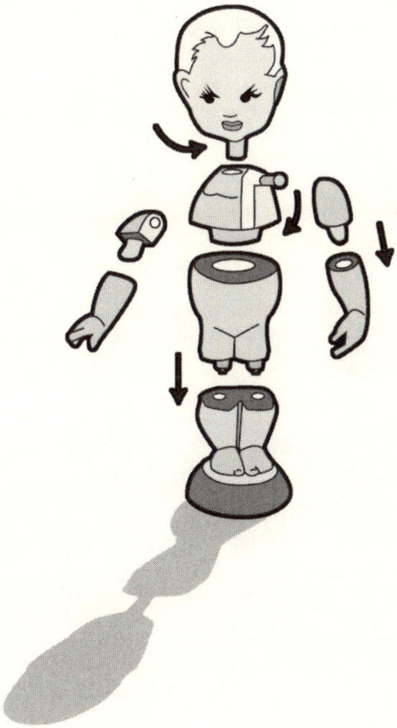

Sexualität, Geburt, Registrierung, Qualitätsnormen, Abfallprodukte

Sexualität, Geburt, Registrierung, Qualitätsnormen, Abfallprodukte

Deutschland wird von vielen Milliarden Lebewesen bewohnt. Am auffälligsten für den Betrachter sind der Rothirsch, der Fischotter, der Uhu und der Deutsche. Der Uhu, aber auch der Deutsche, sind unverzichtbar für das reibungslose Funktionieren von Deutschland. Der Deutsche kann in weiblicher oder männlicher Form vorkommen, ähnlich wie der Uhu. Der Gesetzgeber hat alle Deutschen mit einer Sexualität ausgestattet. Jeder Deutsche ab 18 Jahren darf zwischen 18.00 und 22.30 Uhr von seiner Sexualität Gebrauch machen, solange er dabei nicht zu viel Lärm verursacht und sich an die Straßenverkehrsordnung hält. Die Sexualität wird benötigt, um neue Deutsche herzustellen. Im täglichen Leben ist Sexualität eher störend und wird nicht so gerne gesehen.

Ein neuer Deutscher kann entstehen, wenn ein Deutscher und eine Deutsche sich sehr lieb haben. Er kann aber auch entstehen, wenn die Deutsche den Deutschen nur ein bisschen lieb hat, oder wenn die beiden nicht aufgepasst haben.

In der Mitte eines männlichen Deutschen befindet sich an der Vorderseite ein röhrenartiges Gebilde, das unter bestimmten Voraussetzungen beim Bau eines neuen Deutschen eingesetzt werden kann. Bei diesen Voraussetzungen handelt es sich um eine Reihe hochkomplizierter physikalischer Prozesse, an deren Ende Flüssigkeit aus der Röhre austritt. Diese Flüssigkeit wird in einem Reagenzglas, einem Papiertaschentuch oder im Inneren eines weiblichen Deutschen aufgefangen. Wenn die Flüssigkeit auf ein Papiertaschentuch trifft, entsteht nach dem heutigen Stand der Forschung kein Deutscher – allerdings steigt die Nachfrage nach Papiertaschentüchern. In Reagenzgläsern hat man dagegen schon häufiger Deutsche erschaffen können. Diese Methode gilt als sehr sauber. Die meisten Deutschen entstehen aber noch immer im Inneren von weiblichen Deutschen. Das dauert durchschnittlich neun Monate.

Der Deutsche kommt vollkommen nackt und humorlos auf die Welt. Er trägt weder Unterwäsche noch Sandalen, fängt aber gleich an, herumzuschreien. Seine Eltern kleben ein Dreieck mit der Aufschrift »Baby an Bord« auf ihr Auto, geben dem neuen Deutschen zu essen und zu trinken und einen Namen wie z.B. Kevin, Pascal, Jennifer oder Vanessa.

Der Uhu benutzt weder Papiertaschentücher noch Reagenzgläser, er legt Eier. In den Eiern sind neue Uhus. Der Uhu nennt seine Kinder niemals Pascal oder Marco und er klebt auch keine Aufkleber (»Küken im Horst«) an sein Nest. Das ist wahrscheinlich sein Fehler, denn es gibt viel weniger Uhus als Deutsche.

Wer unangenehmen physikalischen Prozeduren aus dem Weg gehen will, kann auch auf schriftlichem Wege Deutscher werden und sich einbürgern lassen. Wichtig ist nur, dass man vorher schon irgendetwas anderes ist. Der Vorgang gestaltet sich etwas langwierig, aber grundsätzlich können sogar Brasilianer, Engländer oder Franzosen in Deutsche umgewandelt werden. Ein Uhu kann jedoch niemals ein Deutscher werden.

Nachdem ein kleiner Deutscher fertig gestellt wurde, durchläuft er mehrere Qualitätskontrollen. Zwei bis drei Jahre lang wird im so genannten »Kindergarten« getestet, ob das Kind in der Lage ist, gellende, schrille Stimmen von überfordertem Erziehungspersonal wahrzunehmen. Ab dem sechsten Lebensjahr kommt der Deutsche in die Schule, damit er die Worte »Heimat«, »Arbeitslosenhilfe« und »Sonderangebot« buchstabieren lernt. Bis zum 18. Lebensjahr muss der potentielle Deutsche noch weitere harte Prüfungen ablegen. Darunter den »Bierverinnerlichungstest«, bei dem man mindestens drei Liter Bier längere Zeit im Inneren seines Körpers aufbewahren muss, sowie den Sprachtest. Hier kommt es darauf an, das Wort »Mahlzeit« mit 26 verschiedenen Betonungen zu 81 verschiedenen Gelegenheiten anwenden zu können. Außerdem muss man nackt mit dem Kopf nach unten hängend und bei 15° minus den Satz »Ey, Alda, was geht?« aufsagen und mit geschlossenen Augen das Lied »Einer geht noch, einer geht noch rein« singen. Zusätzlich darf man noch die »Führerscheinprüfung« ablegen, die aber nicht zur Ausübung einer menschenverachtenden diktatorischen Herrschaft berechtigt, sondern nur zum Kauf eines Gebrauchtwagens. Empfehlenswert sind noch ein »Freischwimmerzeugnis«, das das Schwimmen mit freiem Oberkörper ermöglicht, sowie der Krankenschein, der zur Durchführung von Kopfschmerzen, unkontrollierten Zuckungen und Darmkoliken unerlässlich ist.

Bei der Herstellung eines Deutschen entstehen aber auch energieaufwändige Abfallprodukte wie der Passat Kombi, der Renault Espace, eichenholzfurnierte Schrankwände, Windeleimer, Benjamin-Blümchen-Kassetten, von innen beleuchtete Plastikteddybären sowie Puppen, die »Fütter mich« und »Nein, die Mama hat jetzt keine Zeit« sagen können. Wenn Sie mehr als einen Deutschen hergestellt haben, schickt Ihnen der Staat automatisch ein handgetöpfertes Klingelschild mit der Aufschrift »Hier wohnen Sören, Svenja, Pascal, Thomas und Gudrun«. Diese Abfallprodukte belasten die Umwelt und Ihre Nachbarn und müssen ordnungsgemäß entsorgt werden.

So wird ein Deutscher entsorgt

Begräbnis, Einäscherung, Plastinierung, Zwischenlagerung

Begräbnis, Einäscherung, Plastinierung, Zwischenlagerung

Ein Deutscher ist man nur, solange man lebt, danach ist man ein Müllproblem. Man kann aber einen Deutschen nicht einfach in einen Gelben Sack stopfen und ihn dem Müllkreislauf zuführen. Denn in den Gelben Sack dürfen ausschließlich Verpackungsmaterialien, Plastik und Aluminium, und das trifft nur für wenige Teile des Deutschen, wie künstliche Hüften, Zahnspangen oder Brustimplantate aus Silikon, zu. Batteriebetriebene Herzschrittmacher und Hörgeräte gibt man zum Elektrogerätemüll, wobei die Batterie getrennt entsorgt werden muss. Brillen können in den Altglascontainer geworfen werden und Haarteile in den Hausmüll. Der größte Teil des Deutschen aber wird auf dem Friedhof entsorgt. Dazu wird der Deutsche in eine voll kompostierbare Holzkiste gelegt und diese Kiste wird dann vergraben. Damit man sich die Stelle merken kann, wird ein Stein auf die Lagerstätte gestellt, darauf stehen der Name des Toten und die wichtigsten persönlichen Daten: Geburt und Tod. Was dazwischen liegt, war das Leben, und das ist vorbei, sobald man erst mal auf dem Friedhof liegt.

Meistens endet das Leben eines Deutschen mit einer Anzeige. Die Tageszeitungen sind voll von Texten, in denen angezeigt wird, dass ein »lieber Urgroßvater, Großvater, Vater, Onkel, Schwiegervater, Schwager und Freund« uns »für immer verlassen« hat. Merkwürdig, dass in Deutschland fast nur schizophrene und multiple Persönlichkeiten sterben.

Auf einem deutschen Friedhof ist nicht besonders viel los, Freizeitangebote gibt es praktisch nicht. Trotzdem geht es recht lebendig zu. Die Verwaltung des Friedhofs beschäftigt eine ungeheure Menge von Maden, Schmeißfliegen, Speck- und Pilzkäfern sowie mehrzelligen Pilzen, deren Aufgabe es ist, den Deutschen zu skelettieren. Kriminalbiologen, so genannte Forensische Entomologen, können mit Hilfe der Tiere den genauen Todeszeitpunkt bestimmen. Sie verhören die Maden, überprüfen deren Alibi und wissen dann genau, warum der Deutsche den Löffel abgegeben hat. Wenn die Maden und Käfer fertig sind, liegen nur noch deutsche Knochen in der Kiste.

Man hat mehrere Möglichkeiten, sich entsorgen zu lassen. Neben dem Vergraben kommt auch noch das Verbrennen in Frage, man kann sich aber auch mumifizieren lassen, falls man über eine Familienpyramide verfügt, oder auch plastinieren. Das Verbrennen oder auch Einäschern funktioniert fast genauso wie in der Müllverbrennungsanlage, doch wie beim Müll sollte man sich versichern, dass der Deutsche wirklich unbrauchbar ist, denn der Verbrennungsprozess gilt als unumkehrbar. Im Krematorium wird der Deutsche in ein Häufchen Asche umgewandelt, das man in eine Vase füllt, die aber Urne heißt. Diese Urne kann man auf dem Friedhof lagern, man darf sie aber auch in die Nordsee werfen, dann hat man es mit einer so genannten Seebestattung zu tun. Während eines Sylturlaubs könnte man dann beim Baden den Verstorbenen teilweise wiedertreffen. In den Niederlanden darf man sich auch auf dem Spielfeld von Ajax Amsterdam ausstreuen lassen, aber welcher Deutsche möchte sich schon nach seinem Tode von Holländern mit Füßen treten lassen?

Je nachdem, welcher Religionsgemeinschaft man zu Lebzeiten angehört hat, geht es nach dem Tode ganz unterschiedlich weiter. Als skelettierter oder pulverisierter deutscher Christ bleibt man so lange in der Urne oder im Sarg, bis man Trompeten hört. Wenn Sie deutscher Buddhist oder Hindu waren, liegt die Sache anders, dann werden Sie wiedergeboren. Wenn Sie sich korrekt verhalten haben, kommen Sie als Schweizer, Norweger oder Kanadier auf die Welt, wenn nicht, dann als Emu, Flughörnchen oder Ostdeutscher.

Als ehemaliger deutscher Pharao braucht man sich keine großen Gedanken zu machen. Hauptsache, man hat genügend Grabbeigaben in seiner Pyramide. Ein gemütlicher Sessel, eine Schrankwand, ein Beistelltisch und ein Diaprojektor sollten schon dabei sein, so was kann man immer brauchen.

Als Deutscher und Anthroposoph wird Ihr Körper zwar von Maden gefressen, aber Ihre Seele wird so lange auf einem Mond des Saturns zwischengelagert, bis Sie sich für neue Eltern entschieden haben.

Wenn Sie Atheist waren, haben Sie gottverdammtes Pech gehabt.

Dann wäre es das Beste, Sie hätten sich für die Plastinierung entschieden. Diese Form der Entsorgung sichert auch so etwas Ähnliches wie Weiterleben nach dem Tode. Man muss aber vor seinem Tod Kontakt mit Gunther von Hagens aufnehmen und ihm den eigenen Körper vermachen. Er injiziert den Leuten nach dem Ableben eine spezielle Substanz, damit nichts verwest, schneidet sie irgendwie auf, zieht ihm die Haut ab, ordnet die Gliedmaßen möglichst bizarr an und stellt sie in seiner Körperwelten-Ausstellung zur Schau. Viele Menschen sind dort schon unverhofft verblichenen Verwandten begegnet. Die Plastinierung ist eine gute Möglichkeit, um Hinterbliebene nachhaltig zu erschrecken.

Wer sich zu Lebzeiten entsorgen lassen will, fährt am besten nach Berlin in die Wallstr. 57 und beantragt die brasilianische Staatsbürgerschaft. Sobald man die hat, ist man kein Deutscher mehr, sondern Brasilianer. Besonders vorteilhaft bei Fußballweltmeisterschaften, weil die eigene Mannschaft immer gewinnt.

Viele Deutsche, die sich häufiger ungeschützt vor einer Fernsehkamera aufgehalten haben, sind leider kontaminiert. Man bezeichnet sie als radio- oder fernsehaktiv. Sie müssen schon zu Lebzeiten an einem sicheren Ort zwischengelagert werden, bis die gefährliche Strahlung zurückgegangen ist. In einem alten Salzstock bei Gorleben wurde ein solches Zwischenlager gebaut, in dem alle Deutschen, die mehr als dreimal in einer Talkshow aufgetreten und bei denen die Kühlstäbe durchgebrannt sind, entsorgt werden können. Aus 840 m Tiefe ist nach bisherigen wissenschaftlichen Erkenntnissen keine weitere Ausstrahlung zu befürchten.

So werden die Deutschen versorgt

Rapspizza, Bofrost und Essen auf Rädern, Tankstellen, Schwermut

Rapspizza, Bofrost und Essen auf Rädern, Tankstellen, Schwermut

Die Versorgung des Landes mit Lebensmitteln ist ein immer währendes Problem. Denn die Deutschen bekommen jeden Tag etwas, das sie »Hunger« nennen. Sie müssen dann Nahrung »zu sich nehmen«, sonst sterben sie. Nicht sofort, aber nach einigen Tagen. Wenn der Deutsche nichts isst, magert er immer mehr ab, bis man schließlich alle Knochen sehen kann. Dann ist es aber zu spät, dann ist das kein Deutscher mehr, sondern ein Skelett (siehe auch das Kapitel *So wird ein Deutscher entsorgt*). Das kann man nur noch im Biologie-Unterricht gebrauchen, um zu zeigen, wo die Verdauungsorgane sitzen müssten. Jeder Deutsche trägt so ein Skelett in sich, er schleppt also seinen nächsten Daseinszustand ständig mit sich herum, aber es gilt als ausgesprochen unfein, das eigene Skelett überall herumzuzeigen. Gut ist, wenn das ganze Skelett von Haut umhüllt ist, noch besser, wenn ein paar Muskeln, Adern, Sehnen und Fett dazukommen. Man sollte immer einen gewissen Abstand zu seinem Skelett einhalten. Das schafft man mittels Nahrungsaufnahme, im Volksmund auch essen genannt. (Vorsicht! Nicht mit der Stadt gleichen Namens verwechseln. Die Menschen in Essen müssen auch essen, wenn sie diese Skelettgeschichte vermeiden wollen.) Ein Deutscher sollte mindestens dreimal am Tag essen, fragt sich nur was.

Ein Großteil der Nahrungsmittel kommt irgendwie aus der Erde. 5% des deutschen Bodens ist deshalb in der Gewalt von Bauern. Diese rauen Gesellen brechen den nichts ahnenden

Boden mit scharfen Werkzeugen um und stecken kleine, wehrlose Körner rein, die dann auf Befehl der Bauern wachsen müssen. Das nennt man Anbau. In Deutschland wird zum Beispiel viel Raps angebaut, obwohl kein Mensch Raps isst. Eine Rapspizza wird nirgendwo angeboten, dabei ist es das einzige Wort mit Doppel-Z, Doppel-A, und Doppel-P in der deutschen Sprache. Nur deutsche Busse fahren mit Rapsöl, jedenfalls steht das hinten an den Bussen dran. Es ist aber nicht ganz klar, ob der Fahrer immer eine Flasche Rapsöl dabeihat, falls mal ein Fahrgast Rapsöl kaufen will, oder ob der Bus mit Rapsöl betrieben wird. Die Bauern bauen aber auch Weizen, Roggen, Gerste, Hafer, Mais und Kartoffeln an. Das sollte man alles nicht im Bus kaufen, sondern auf dem Bauernmarkt, wo man mit dem Bus hinfahren kann.

Auf dem Bauernmarkt wird man mit unglaublich seltsamen Dingen wie Steckrüben und Pastinaken konfrontiert. Kein Mensch kann sich vorstellen, dass so was im deutschen Boden wächst. Genau wie die Rote Beete. Steckrüben, Pastinaken, Rote Beete. Und Kohlrabi. Und natürlich der Kürbis. Ein riesiges Nahrungsmittel, das einzig zu dem Zweck wächst, damit man es aushöhlen und eine Kerze reinstellen kann. Eine reichlich verrückte Laune der Natur.

Über 50% der Deutschen wissen überhaupt nicht, was die Bauern mit dem Boden anstellen. Sie sind der Ansicht, Nahrung wachse in versiegelten Alubehältern, die von Pappschachteln umhüllt sind. Dieser Glaube wurde durch eine satanische Sekte nach Deutschland gebracht. Die Sekte heißt »Bofrost« und ihre Missionare sind täglich außer sonntags im ganzen Land unterwegs und bringen den Gläubigen die frohe Botschaft: Tiefkühlkost. Ähnlich wie Luther von der katholischen Kirche hat sich nach einiger Zeit der »Eismann« von »Bofrost« abgespalten. Er fährt dasselbe Zeug in der Gegend herum, es schmeckt nur etwas protestantischer. Der Bofrost-Missionar lagert die Schachteln in seinem Bofrostmobil und auf jeder Schachtel ist ein Bild der Mahlzeit. Genauso sieht es dann aus, wenn es aufgewärmt wird, und schmeckt auch so. Es gibt über 330 verschiedene Pappschachteln. Manchmal ist auch Eis drin, das braucht man nicht unbedingt aufzuwärmen. Aber »Hasengeschnetzeltes in Wildrahmsoße« oder die »Ratsherrnpfanne«, die muss man warm machen. Falls etwas nicht schmecken sollte, nimmt Bofrost die Mahlzeit zurück, selbst wenn man sie schon aufgegessen hat. Man muss nicht einmal sagen: Ich wollte nur prüfen, ob es auch bis zum Schluss scheußlich schmeckt. Man bekommt einfach das Geld wieder. Von der katholischen oder evangelischen Kirche bekommt man keine Steuern zurück, wenn einem das Abendmahl nicht geschmeckt hat, und man kann auch nicht unter 330 Gerichten wählen.

Alte Deutsche müssen einer anderen Sekte beitreten. Sie heißt »Essen auf Rädern«. Dabei handelt es sich schon wieder nicht um die Stadt Essen, die hier zu Anschauungszwecken durch Deutschland gefahren wird, sondern um Fertiggerichte für alte Menschen, die noch warm in ein Auto gepackt und ausgeliefert werden. Es gibt nur eine Mahlzeit, aber die Mitarbeiter der Sekte setzen ihren ganzen Ehrgeiz darein, dass die Mahlzeit jeden Tag wenigstens anders aussieht und einen anderen Namen trägt. Schmecken tut sie immer gleich. Lebensmittelexperten sind der Ansicht, es handele sich mit hoher Wahrscheinlichkeit um »Dickes mit Dünnes«.

Deutsche, die keiner dieser Sekten beitreten, treffen sich manchmal in Kulturzentren, mit denen fast jede deutsche Stadt ausgestattet ist. Diese Kulturzentren sind immer gut beleuchtet und tragen Namen wie »Esso«, »Shell«, »Aral« oder »Freie Tankstelle«. Hier kann man sich Filme ausleihen, Zeitungen und Bücher, Blumen, Kuscheltiere, Spielzeugautos kaufen und essen gehen. Achten Sie besonders auf Tankstellen mit »Heiße Hexe«-Angebot. Das gibt es nicht mehr oft: Chemische Verbindungen, die man erst der Tiefkühltruhe entnimmt und dann in einer Mikrowelle, der »Heißen Hexe«, erhitzt. So schlagen Sie dem Bofrost-Priester ein Schnippchen. Wenn Sie etwas Geld übrig haben, finden Sie vielleicht sogar jemanden, der das Zeug für Sie aufisst. Das ist die höchste Form des Genusses.

Der Deutsche verfügt ja bekanntlich über die erstaunliche Fähigkeit, jeden Augenblick des Daseins in vollen Zügen zu genießen, auch die bitteren, demütigenden und peinlichen Augenblicke. Ja, eigentlich nur die. Wir lieben den Misserfolg, das Scheitern, die Blamage. Dafür sind wir auf der ganzen Welt berühmt. Doch nicht nur dafür.

Wo immer man im Ausland nachfragt, überall beneidet man uns Deutsche um unseren Pessimismus und unsere schlechte Laune. Wir sind in der Lage, spontan und ohne jegliche Vorbereitung an praktisch allem etwas auszusetzen. Hätte Gott am sechsten Tage statt eines Menschen einen Deutschen geschaffen, dann hätte er sich einigen unangenehmen Fragen stellen müssen: »Was das wohl wieder kostet? Und wer soll das alles in

Schuss halten?« wären nur zwei der berechtigten Einwände gewesen, die unser Vorfahre gegen die Schöpfung gehabt hätte.

Vergeblich versucht man in anderen Ländern, es uns gleichzutun. Amerikanische Universitäten bieten Kurse an: »Schwermütig in drei Wochen« oder »Humorlos über Nacht«, doch die Teilnehmer verlieren ihre neu erworbenen Fähigkeiten meist schon kurz nach Ende des Kurses und amüsieren sich dann, wie sie soviel Zeit und Energie für ein völlig überteuertes Seminar verschwenden konnten. Schwermut kann man nicht lernen, schwermütig wird man geboren. Die beliebtesten deutschen Kanzler hießen nicht ohne Grund Schwermut Kohl und Schwermut Schmidt. Nur die Finnen und die Russen können uns auf diesem Gebiet das Wasser reichen. Bei den »Pessimistischen Winterspielen« in Riga holten deutsche Athleten 10 Goldmedaillen, die Finnen 11 und die Russen 12, worauf die Deutschen so schwermütig wurden, dass sie spontan zu Gesamtsiegern ernannt wurden. Zum beliebtesten Wettbewerb bei den Pessimistischen Winterspielen zählt neben dem Schwarzsehen und dem Gleichgewussthaben natürlich das Erkennen eines halb leeren Glases. Leichtsinnige Sportler aus Mexiko oder Senegal sehen überall nur halb volle Gläser, aber Deutsche erkennen sofort, dass sie in Wirklichkeit halb leer sind. Eine großartige Gabe, die uns die Natur da verliehen hat, grundloser Optimismus ist uns völlig wesensfremd, Pessimismus, Schwermut und Melancholie sind die Triebfedern unseres Handelns. Fragt man einen Deutschen, wie es ihm geht, könnte die Antwort sein: »Danke, sehr gut, ich fühle mich schon viel depressiver.«

Wie kriegen wir das hin? Schwermut rinnt mit den ersten

Tropfen Muttermilch in uns hinein. Schwermut ist aber auch ein wesentlicher Bestandteil der Babynahrung, die mit Melancholika und Trauerkloßextrakten angereichert wird. Kaum sind wir auf der Welt und sehen Vater und Mutter, da packt uns die Schwermut. Instinktiv fühlen wir, mit diesen Eltern werden wir nicht viel zu lachen haben, später dämmert uns, dass wir wohl bei der Geburt vertauscht wurden. Und das stimmt auch, alle Deutschen werden planmäßig bei der Geburt vertauscht, damit sich die rechte Schwermut bei ihnen entwickeln kann, und wer zufällig nicht bei der Geburt vertauscht wurde, ist erst recht schwermütig, weil er sein Unglück noch nicht mal erklären kann.

Schwermütig produzieren wir unsere Waren und exportieren sie ins Ausland, weil es ja doch keinen Sinn hat, das Zeug hier zu behalten. Melancholisch zählen die Firmenbosse das Geld und fragen sich: »Wozu diese ewigen Gewinne, dieser ständig wachsende Reichtum?« – am Ende kann man ja doch nichts mitnehmen.

Sie versuchen es natürlich trotzdem, aber spätestens auf dem dritten Grün kommen sie ins Grübeln und senken schwermütig den Golfschläger zu Boden. Im Gegensatz zum Russen weiß der Deutsche, man könnte auch ohne Alkohol schwermütig sein, aber mit Alkohol geht es einem am nächsten Morgen erst so richtig herrlich schlecht. Kaum beginnt der Herbst, fühlen wir uns wie ein Fleisch gewordenes Rilkegedicht. Wer jetzt nicht schwermütig ist, wird es eben morgen. Im Sommer sind wir schwermütig, weil bald der Herbst kommt, und im Frühjahr packt uns die Schwermut beim Gedanken an den Sommer, weil wir da ja wieder an den Herbst denken müssen. Andere Nationen mögen entblößte Körper in Freibädern oder auf Liegewiesen erregend finden, wir sehen nur die Vergänglichkeit des Fleisches und die scheußlichen Muster der Badehosen. Deutsche rechnen immer mit dem Schlimmsten und sie haben bisher immer Recht behalten: 1. Weltkrieg, 2. Weltkrieg, Holocaust, Hiroshima, Dresden, Kennedy, Yoko Ono, 11. September, Franz Müntefering – es ist immer genau so gekommen, wie wir befürchtet haben. Wir wissen, es hat alles keinen Sinn, aber wir machen trotzdem weiter. Das ist unser Auftrag als Deutsche. Wir wollen die schlechte Laune auf der Welt verbreiten. Einer muss es ja tun.

In den 60er Jahren des letzten Jahrhunderts bemerkte man, dass die Bürger Deutschlands hin und wieder von unerklärlichen Kaufhemmungen heimgesucht wurden. Sie standen zum Beispiel in einer Bäckerei und anstatt alles zu kaufen, was dort angeboten wurde, erwarben sie vielleicht nur ein halbes Zwölfkornbrot, also ein Sechskornbrot und ein Mohnbrötchen. Außerdem hatte man festgestellt, dass die deutschen Innenstädte alle irgendwie unterschiedlich aussahen. Das konnte die Kunden verwirren, die in fremden Städten plötzlich nicht mehr wussten, ob man da auch einfach so einkaufen konnte.

Deshalb wurde die Einkaufszone geschaffen. Zunächst wird eine Straße für Autos gesperrt. Dann wird die Straße mit kleinen roten oder großen weißen oder mittelgroßen schmuddelbraunen Steinen zugepflastert. Schließlich setzt man ein Geschäft neben das andere, nach einem genau festgelegten Plan, bis die Einkaufszone vollständig ist. Jede Einkaufszone muss unbedingt eine Parfümerie Douglas, einen McPaper, ein Deichmannschuhgeschäft, einen Benetton, einen H&M, einen Peek&Cloppenburg, einen Juwelier Wempe, einen Schleckermarkt und acht Geschenkboutiquen enthalten. Diese Geschäfte werden in jeder Stadt anders angeordnet, damit man merkt, dass man in einer anderen Stadt ist. Inzwischen hat sich diese Idee in ganz Europa durchgesetzt. Ob in Barcelona, in Cognac oder in Exeter, überall möchte man genau so eine Innenstadt wie in Gifhorn oder Oberursel haben.

Man kann überall das Gleiche kaufen und trifft überall die gleichen Menschen, das gibt den Kunden Sicherheit.

Zur Einweihung jeder Einkaufszone wurde automatisch eine Gruppe Indiomusiker mitgeliefert. Sobald man den Klang ihrer Musik hörte, wusste man, dass man in einer deutschen Einkaufszone war. Dieser Reflex hat vielen deutschen Touristen in Peru schwer zu schaffen gemacht. Inzwischen sind Indiomusiker hier knapp geworden, viele haben durch das dauernde Anhören der eigenen Musik den Verstand verloren. Jetzt werden verstärkt Musikstudenten aus der Ukraine oder Sibirien eingesetzt, die häufig virtuoser als das örtliche Sinfonieorchester spielen. Manchmal sieht man auch Menschen, die in Deutschland bislang unbekannte Instrumente betätigen, wie das Didgeridoo oder die usbekische Quarkflöte. Immer wieder trifft man auch osteuropäische Künstler, die ihrem Presslufthammer die wunderbarsten Töne entlocken und die Einkaufszone gefühlvoll umgestalten.

Außerdem muss es in jeder Einkaufszone Menschen geben, die eine Obdachlosenzeitung verkaufen oder eine Unterschriftenaktion für eine Umgehungsstraße durchführen; manchmal wird ein Mann mit Leierkasten aufgestellt. Auf seinem Instrument steht ein Schild mit der Aufschrift: »Bin schwerstbehindert. Danke«. – »Nichts zu danken, gern geschehen«, sollte man aber nicht sagen, das Schild ist irgendwie anders gemeint.

In genau festgelegten Abständen sind Menschen in völlig unmodischer Kleidung postiert, die einen Behälter neben sich stehen haben. Diese Menschen sollen einen erstens daran erinnern, dass man dringend etwas Neues zum Anziehen kaufen und dabei zweitens nicht zu viel ausgeben sollte, sonst sitzt man auch bald in der

Einkaufszone mit einem Schild »Bin in Not. Danke«. Oder einfach nur »Danke«.

Die meisten Menschen, die in die Einkaufszone hineingeraten, bewegen sich gehetzt. Eine fremde Macht scheint von ihnen Besitz ergriffen zu haben. Vielleicht liegt es auch nur an den sinistren Rhythmen des Streichquartetts aus den Karpaten. In der Einkaufszone darf man sich nur aufhalten, wenn man etwas kaufen will. Wer nichts kaufen will, muss sich in der Konsumverzichtszone oder in der verkehrsberuhigten Zone oder im Zoo die Zeit vertreiben, falls einer vorhanden ist. Ganz früher gab es die SBZ, die Sowjetisch Besetzte Zone. Dort gab es überhaupt nichts zu kaufen, aber das ist ein anderes Kapitel.

Man ist gesetzlich verpflichtet, bestimmte Unmengen einzukaufen, vor allem muss man wissen, wann man wo einkaufen kann, denn in Deutschland gibt es Ladenschlussgesetze. Die regeln ganz genau, wann ein Laden geöffnet und geschlossen sein muss. Es ist nämlich gefährlich, wenn alle Läden zur gleichen Zeit geöffnet sind, dann weiß man überhaupt nicht, wohin man zuerst gehen soll. Friseure, öffentliche Bibliotheken und Museen sind in Deutschland immer am Montag geschlossen. Friseure können also nie ins Museum gehen. Ärzte haben immer mittwochnachmittags geschlossen, damit sie zum Friseur gehen können. Banken sind montags, mittwochs und freitags von 9.45 – 11.15 Uhr und 15.45 – 16.00 Uhr geöffnet. Kirchen werden nur sonntags bewirtschaftet, aber man kann sich dort nicht die Haare schneiden lassen. Gaststätten haben immer dienstags Ruhetag oder montags oder donnerstags, je nachdem, wie viel Frisiersalons sich in der näheren Umgebung befinden. Viele Geschäfte legen eine Mittags-

pause ein, damit sich die Angestellten die Haare schneiden lassen oder in eine Bibliothek gehen können. Mittagspausen können von 12.00 – 14.00 Uhr oder von 12.30 – 14.30 Uhr oder von 12.00 – 15.00 Uhr dauern oder von 12.00 – 15.30 Uhr. Wichtig ist nur, dass immer irgendwie die 12 vorkommt, sonst sind es keine Mittagspausen, sondern Betriebsferien. Viele Geschäfte haben bis 18.30 Uhr geöffnet, viele aber auch nicht. Die haben bis 20.00 Uhr geöffnet. Sonntags haben alle Geschäfte geschlossen, auch die Friseure, die dann schon wieder nicht einkaufen gehen können. Aber in die Kirche. In der Kirche kann man sich immerhin den Kopf waschen lassen, je nachdem, welche Bibelstelle dran ist. Die sibirischen Studenten haben donnerstags zu, das Posaunenensemble aus Bukarest ist mittwochnachmittags geschlossen beim Friseur.

Ladenschlussgesetze sind das Großartigste, was die deutsche Gesetzgebung jemals hervorgebracht hat, vergleichbar nur dem Code Napoléon oder dem Gesetz der Trägheit. Den Gesetzestext können Sie im Rathaus Ihrer Heimatstadt einsehen, und zwar montags und freitags von 13.30 – 17.15 Uhr.

Was ist der Sinn dieser Gesetzgebung? Die Vorfahren der Deutschen, die Germanen, waren ein Volk der Jäger und Sammler. Sie lebten auf Bäumen und kannten keine Einkaufszonen. Ähnlich wie der Indianer, der ja weder Einkaufszone noch Schmerz kennt. Sie holten sich, was sie brauchten und wo sie es kriegen konnten. Zum Friseur gingen sie nie. Wenn sie genug hatten, machten sie einfach Schluss mit dem Jagen und Sammeln. Darauf spielt das Ladenschlussgesetz irgendwie an. Außerdem sorgen die vollkommen willkürlichen Ladenöffnungszeiten dafür, dass der Deutsche wach-

sam und evolutionär wettbewerbsfähig bleibt. Mit Erfolg, denn seit der letzten Eiszeit haben sich die Deutschen zu einem Volk der Schnäppchenjäger und Bonuspunktesammler entwickelt.

So wird Deutschland regiert

TÜV, Stiftung Warentest, Die 5 Wirtschaftsweisen, Aldi, IKEA, ADAC, PTB

TÜV, Stiftung Warentest, Die 5 Wirtschaftsweisen,
Aldi, IKEA, ADAC, PTB

Deutschland wird nicht, wie die meisten anderen Länder der Welt, von einer korrupten unfähigen Bande von Politikern regiert. Die haben hier gar nichts zu sagen. Was in diesem Land läuft und was nicht, bestimmen ganz andere Kräfte. Da ist erst mal

Der TÜV Geheimorganisation von Autofetischisten. Können überhaupt nicht genug davon kriegen. Deshalb muss laut Gesetz jeder Bewohner Deutschlands sein Auto alle zwei Jahre zum TÜV bringen. Da geht's dann los: Die TÜV-Fritzen betatschen das Auto überall, fassen an den Kofferraum, wollen sogar unbedingt »mal reinschauen«. Dann gucken diese Perversen sogar unten drunter. Ist das zu fassen? Die haben extra eine große Grube gegraben, damit sie den Autos unten drunter gucken und an die Bremsbacken fassen können. TÜV ist die Abkürzung für Technischer Überwachungsverein. Jawohl, Sie haben richtig gelesen: Technischer Überwachungsverein! Big technischer Brother is watching you! Wenn die beim TÜV genug von Ihrer Karre haben, kleben sie hinten so ein blaues Siegel drauf, damit jeder sehen kann, bei dem Auto hat der TÜV unten drunter geguckt. Steht aber auch drauf, wann man sich wieder unten drunter gucken lassen muss.

Stiftung Warentest Die mächtigste deutsche Organisation überhaupt. Nichts, aber auch gar nichts lässt sich in Deutschland verkaufen, wenn nicht die Stiftung Warentest sich das Ganze angesehen hat. Staubsauger, Toaster, Zahnpasta, Frostschutzmittel, Soßenbinder, Fahrradhelme, Nasenhaarrasierer – die Stiftung Warentest hat alles getestet und Zensuren vergeben: sehr gut, gut, zufrieden stellend, mangelhaft. Alles was mangelhaft ist, verschwindet sofort aus den Geschäften. Wenn die Stiftung Warentest morgen politische Parteien testen würde, hätten wir übermorgen wieder die Monarchie. Bisher hat sie das aber nicht gemacht, weil ein König sofort die Stiftung Warentest abschaffen würde. Sonst wurde aber schon so gut wie alles getestet: 1954 wurden zehn verschiedene Atombomben geprüft, neun davon schnitten mit mangelhaft ab, nur eine bekam das Prädikat zufrieden stellend. Seitdem kann man in Deutschland keine Atombomben mehr kaufen. Auch der große Meinungstest von 1966 ist legendär. Die bis dahin bei vielen Menschen beliebte »eigene Meinung« erwies sich als »nicht empfehlenswert«, weil meist viel zu subjektiv und im Dauertest »ziemlich uninteressant«. Empfohlen wurde die »Meinung anderer Leute«, worauf in Deutschland seitdem großer Wert gelegt wird. 1985 testete die Stiftung Alpträume und kam auch hier zu erstaunlichen Ergebnissen. In den meisten Träumen fielen die Menschen irgendwie ins Bodenlose. Das war natürlich grob fahrlässig. Seitdem gibt es während der Tiefschlafphase die »Anschnallpflicht im Bett«.

Die 5 Wirtschaftsweisen Haben in diesem Land die Funktion der Kirche übernommen. Treten zweimal im Jahr vor die Öffentlichkeit und tragen ihre Offenbarungen vor. Das berüchtigte »Frühjahrsgutachten« und das dämonische »Herbstgutachten« sind gefürchtet. Darin legen die 5 Wirtschaftsweisen genau fest, was passieren soll und was nicht. Diese Gutachten sind extrem penibel recherchiert und brillant ausformuliert: »Es soll nicht mehr so viel regnen«, »im Fernsehen muss ab zu auch mal was Vernünftiges laufen«, »man kann ruhig mal 'n bisschen länger arbeiten und hinterher nicht immer gleich Überstunden rufen«.

Es ist nicht schwer sich vorzustellen, welche immensen Qualifikationen für so einen Job benötigt werden. Da darf nicht jeder ran. Entsprechend hart ist die Ausbildungszeit. Man fängt erst mal fünf Jahre als Wirtschaftsdepp an, arbeitet nach einer Zwischenprüfung drei Jahre als Wirtschaftsignorant, bevor man Wirtschaftshalbweise wird. Und wenn dann mal einer von den 5 Weisen stirbt, kriegt man den Posten. Oder auch nicht.

Aldi Sorgt dafür, dass es in den Wohnungen und Häusern deutscher Familien jede Woche ein bisschen enger wird. Aldi ist ein Supermarkt, der die Waren in Pappkartons anbietet, deshalb ist alles unglaublich billig und jede Woche gibt es spezielle Sonderangebote. Das heißt: Mindestens 52-mal im Jahr muss man sich komplett mit Dingen eindecken, die man wahrscheinlich nie brauchen wird, die man aber nie mehr so billig bekommt. Mal ist es ein Teilchenbeschleuniger, mal ein Computer, mit dem man den Luftverkehr über dem Frankfurter Flughafen regeln kann, mal eine komplette Druckerei für Eurogeldscheine, dann wieder ein Computer, mit dem man ein 200-seitiges Modemagazin im Alleingang herstellen kann, dann ein Laptop mit Aufknuspertaste und einer Festplatte, auf der man Käsehäppchen appetitlich anrichten kann, eine Ausrüstung zum Tiere präparieren, ein digitaler Käsehobel, ein GPS-gestützes Bügelbrett, 100 Klarsichthüllen + 40 Filzstifte + drei Kästchenhefte, ein Papstkostüm incl. Papamobil und Papaphon und dann vielleicht ein Computer, mit dem man auch Briefe schreiben kann.

IKEA Legt fest, wie die Inneneinrichtung der deutschen Wohnungen auszusehen hat. Früher hatten die Schweden in Deutschland das Zündholzmonopol, das heißt, man konnte bis 1983 nur mit schwedischen Streichhölzern Feuer machen. Als das Monopol auslief, klebten die Schweden die restlichen Zündhölzer einfach zu Möbeln zusammen und IKEA war geboren. 90% des gesamten deutschen Besitzes lagert auf schwedischen Regalen. Ob es gut oder nicht zufrieden stellend ist, sich total von den Brettern einer anderen Nation abhängig zu machen, muss sich noch zeigen.

ADAC Kümmert sich um alles, was so auf den Straßen los ist. Wenn zu wenig Igel überfahren werden oder die Bäume sich so aufdringlich mitten auf die Straße stellen, greift der ADAC ein. Die Buchstaben stehen für Allgemeiner Deutscher Automobil Club. Hat aber mit dem TÜV nichts zu tun. Jeder Deutsche wird mit seiner Geburt ADAC-Mitglied. Austreten darf man, wenn man kein Auto hat, Mitglied bei den Zeugen Jehovas ist oder Gelbsucht hat. Beim ADAC kann man immer anrufen, wenn einem was nicht passt. Wenn zum Beispiel auf Ihrer Lieblingsstraße zu wenig tote Tiere liegen: »Das ist doch peinlich, sieht ja fast so aus, als wären unsere Autos nicht schnell genug«, dann kommen die Gelben Engel – so nennt man die Mitarbeiter der Organisation – und legen über Nacht die ganze Bundesstraße schön liebevoll mit vorgeplätteten (preplattet) Tierkadavern aus. Erst ein Igel, dann ein Bussard, wieder ein Igel, ein Fuchs, zwei Eichhörnchen, ein Igel ... das sind Profis, die wissen, wie man so was macht. Die Gelben Engel des ADAC kann man wirklich in jeder Situation anrufen. Wenn der Aschenbecher voll ist, wenn die Hupe verstimmt klingt, oder wenn man nach vier Bier in der Raststätte plötzlich Selbstzweifel bekommt. Auch wenn Sie irgendetwas in diesem Buch nicht verstehen, rufen Sie die Gelben Engel (0180/222 22 22), die erklären es Ihnen.

PTB Lenkt das ganze Land und alle Menschen darin von Braunschweig aus. Eine graue unbedeutende Stadt, die man direkt an die A2 gebaut hat, damit es dort nicht so leer aussieht. Es gäbe keinen Grund, Braunschweig überhaupt zu erwähnen, wenn dort nicht die Physikalisch-Technische Bundesanstalt wäre und in dieser Bundesanstalt ein Ofen, in dem Caesiumatome verdampft werden. Dabei entsteht in einem unglaublich komplizierten Prozess eine Sekunde. Diese Sekunde wird sofort isoliert, gereinigt, mit einem Namen und gültigen Papieren versehen und dann per Funk in ganz Deutschland herumgereicht. Alle Bahnhofsuhren, alle Uhren in öffentlichen Gebäuden, alle Herzschrittmacher und alle Fernsehfernbedienungen empfangen das Sekundenfunksignal aus Braunschweig. Und während in

Stuttgart die Uhren eine Sekunde weitergehen, ist in Braunschweig schon längst die nächste Sekunde im Ofen zurechtgebrutzelt und verschickt worden. Das geht den ganzen Tag immer so weiter und auch nachts wird eine Sekunde nach der anderen gebacken und frisch an die deutschen Uhren im Land ausgeliefert.

So entsteht dank atomarer Unterstützung die deutsche Normalzeit. Woher wissen die Atome so genau, wie spät es ist? Man kann überall auf der Welt ein Atom nach der Uhrzeit fragen und wird immer eine Antwort bekommen. Man kann sogar seine Armbanduhr von Braunschweig aus steuern lassen. Es ist allerdings noch nicht endgültig geklärt, ob die Atome sich nicht ein paar üble Scherze erlauben. Wenn zum Beispiel eine Minute quälend langsam verstreicht, könnte das auch an den Braunschweiger Atomen liegen, die einfach mal ein bisschen zurückhaltender arbeiten. Kein Mensch weiß, ob auch im Dunkeln die Zeit vergeht: Auf einmal ist es morgens früh und man hat angeblich sieben Stunden geschlafen, fühlt sich aber wie zerschlagen.

Früher, als es noch keine Funkuhren gab, wurde die Zeit mit der Post verschickt. Wenn man den Brief aus Braunschweig erhielt, war es meistens schon zu spät. Dann wurde die telefonische Zeitansage eingeführt, aber die meisten Deutschen scheuten verständlicherweise davor zurück, bei ein paar wildfremden Caesiumatomen anzurufen, nur um zu fragen, wie spät es ist. Demnächst soll die Zeit live im Fernsehen übertragen werden. Dann muss man nur um 20.00 Uhr das Gerät einschalten und sieht die exakte Uhrzeit. Allerdings müsste man natürlich vorher genau wissen, dass es auch 20.00 Uhr ist, und dazu müsste man ja den Fernseher einschalten, was man aber nicht kann, weil man ja nicht genau weiß, wie spät es ist.

In Pforzheim im Schwarzwald arbeitet man an der ersten Atomkuckucksuhr. Zu jeder vollen Stunde wird der Kuckuck durch eine Atomexplosion aus dem Gehäuse getrieben. Wenn sich der Kuckuck nicht ranhält, erscheint er als Skelett. Dafür leuchtet das Zifferblatt sehr schön im Dunkeln. Während der Zeit, die der Kuckuck im Inneren der Uhr auf seinen Auftritt wartet, soll er schon mal ein paar Atome spalten, aber bislang kriegt der Vogel das nicht richtig geregelt. Man muss allerdings bedenken, dass der Kuckuck aus zerrütteten Familienverhältnissen kommt. Er kennt seine Eltern nicht und wuchs bei einfachen Gimpeln auf, die ihn für eine Vollmeise hielten. Da kam ein Studium für ihn natürlich nicht in Betracht und man darf es ihm kaum verübeln, wenn er keine Atome spalten kann.

So sieht Deutschland akustisch aus

Tatort, Nationalhymne, Ohropax, Volksmusik

Der Mensch verfügt über die erstaunliche Fähigkeit, auf mehrere hundert Meter Entfernung ein Freibad am Klang zu erkennen. Diese unvergleichliche Mischung aus spitzen Schreien, nachfedernden Dreimeterbrettern und undeutlichen Lautsprecherdurchsagen führt im Gehirn, auch ohne dass man den Aufprall eines übergewichtigen Fünfzehnjährigen auf der Wasseroberfläche hört, automatisch zur Identifizierung eines Freibades.

Viel schwieriger ist es, ein ganzes Land akustisch kenntlich zu machen. Grundsätzlich dient dazu die Nationalhymne. Sie ist die Erkennungsmelodie eines Staates. So wie jeder beim Hören der Tatort-Melodie weiß, ›jetzt fängt eine neue Folge vom Tatort an‹, weiß jeder, der unsere Nationalhymne hört: ›Jetzt geht das schon wieder mit Deutschland los.‹ Die Hymne wurde von dem Erfolgsteam Haydn / Hoffmann von Fallersleben geschrieben. Josef Haydn war wie Adolf Hitler Österreicher und konnte genau wie der Mann aus Braunau nicht malen. Doch im Gegensatz zu Hitler konnte er noch nicht mal Weltkriege anfangen und deshalb komponierte er zur Kompensation Kompositionen, die man auch heute noch spielen darf. Sein bekanntestes Werk ist die »Symphonie mit dem Paukenschlag«, sein unbekanntestes ist das »Sachertortenquintett«. Haydn erhielt den Auftrag zur Nationalhymnenkomposition im Jahre 1795, als sich das damalige Deutsche Reich ein neues Image geben wollte. Man verlangte eine Mischung aus Bach und Mozart mit einem Schuss Paul Gerhardt, und Haydn stellte in der Rekordzeit von drei Tagen die Hymne samt Rechnung fertig. Insgesamt hatte er das Werk auf 36 Strophen angelegt und pro Strophe 156 Dukaten in Rechnung gestellt. Die Auftraggeber wollten aber nur eine bezahlen, weil die sich ja immer nur wiederholte, doch Haydn blieb stur und man einigte sich auf ein Honorar für sieben Strophen plus 100 Flaschen Champagner. Die Musik war hervorragend, der Text, den Haydn »ohne Aufpreis« mitgeliefert hatte, kam jedoch nicht so gut an. In der ersten Strophe hieß es da z.B.

Deutschland Deutschland Deutschland Deuheutschland
Deutschland Deutschland Deutschlahand deutsch
Deutschland Deutschland Deutschland Deuheutschland
Deutschland Deutschland Deutschlahand deutsch
Deutschland Deuheutschland, Deutschland Deuheutschland
Deutschland Deutschland Deutschlahand deutsch
Deutschland, Deuheutschland
Deutschland, Deuheutschland
Deutschlahand Deuheutschlahand Deutschlahand deutsch

Haydn sagte, er habe eine möglichst enge Verbindung von Musik und Text gesucht und deshalb auch nur deutsche Noten verwandt, aber durch den miserablen Text fiel auch bald die Musik in Ungnade. Haydn verkaufte das Ganze zum Sonderpreis an Österreich, wo man die Hymne mit neuem Text bis 1918 benutzte. 1841 bestellte der deutsche Staatenbund bei dem Dichter Hoffmann von Fallersleben eine Revolution und einen Text für eine Nationalhymne. Der Dichter beschloss, zunächst mit dem

Lied anzufangen. Am 26. August 1841 schrieb von Fallerleben während eines Besuchs des Felsenlagers Helgoland zuerst »Das Lied der Ostpreußen«, dann das »Lied der Schlümpfe«, bis ihm schließlich »Das Lied der Deutschen« einfiel. Deutschland bestand damals aus über 35 verschiedenen Staaten, u.a. Sansibar und Langeoog. Helgoland gehörte dagegen den Engländern, an zollfreien Einkauf war nicht zu denken. Diese zentrale Forderung drückte Hoffmann von Fallersleben in einer leider unvollendeten Strophe aus:

»Zollfreies Einkaufen auch außerhalb der Ladenöffnungszeiten
Brüderlich mit Heinz und Hans ...«

Hier bricht der Text ab. Doch die drei fertig gestellten Strophen erfreuten sich bald großer Beliebtheit, und das, obwohl Fallersleben mit vielen Fremdwörten arbeitete (Einigkeit und Recht und Freiheit). Leider war kein passender Staat für die Hymne vorhanden. Der musste erst mühsam geformt werden (siehe Kapitel *So wurde Deutschland hergestellt*). Auch fehlten die Noten von Haydns Melodie, die die Österreicher unter Verschluss hatten. Deutschland musste einen ganzen Weltkrieg anzetteln und anschließend verlieren, um wieder in den Besitz der Noten zu kommen. Erst 1922 wurde die Nationalhymne in ihrer heutigen Gestalt von Friedrich Ebert gesungen und anschließend zur Weiterverwendung freigegeben.

Heute benutzen wir die Hymne ganz selbstverständlich zu allen hymnischen Gelegenheiten, ohne uns Gedanken über ihre Entstehung zu machen. Und das wäre ja auch Quatsch, man macht sich ja so schon genug Gedanken.

Sobald die Hymne gespielt wird, muss man aufstehen und die Mütze abnehmen. Allerdings wird nicht immer, wenn man aufsteht, die Nationalhymne gespielt, manchmal setzt sich auch nur eine ältere Person auf unseren Platz im Bus, den wir für sie auf Verlangen frei machen mussten.

Wenn bei einer Sportveranstaltung die deutsche Nationalhymne gespielt wird, dann haben wir irgendwas gewonnen. Wird die französische Nationalhymne gespielt, haben die Franzosen was gewonnen. Oder wir hören »All you need is love« von den Beatles – in diesem Falle haben alle was gewonnen. Vom Weltall aus ist unsere Hymne überhaupt nicht zu hören, im Freibad wird sie nur gespielt, wenn der Bademeister zu Tode kommt.

Wenn man die Nationalhymne nicht hören möchte, benutzt man »Ohropax«, ein deutsches Produkt, das viel Segen über die Menschheit gebracht hat. Dank Ohropax kann man sich praktisch überall frei von akustischen Zumutungen bewegen. Ohropax besteht aus Baumwollwatte, getränkt mit einer Mischung aus Vaseline und Paraffinwachs. Man knetet es weich und steckt es sich in die Ohren. Es gibt sie im Zweierpack, als Zwölferbox oder in der 20er-Packung. Früher waren sie in einem Metallkästchen, das durch einen Plastikbehälter abgelöst wurde; inzwischen kauft man das Ganze in einer Pappschachtel. Ohropax gibt es seit 1907 im Handel. Bei sachgemäßer Anwendung konnte man damit zwei Weltkriege, die Berlin-Rede Kennedys sowie Modern Talking und Madonna überhören. Es kann nicht schaden, immer ein Päckchen Ohropax bei sich zu tragen, denn akustische Zumutungen lauern überall.

Zum Beispiel im deutschen Fernsehen. Sobald der Deutsche ein gewisses Alter erreicht hat und nur noch über einen begrenzten Vorrat an Gehirnzellen verfügt, kann er eine krankhafte Vorliebe für Volksmusik entwickeln. Dieses Leiden ist meistens nicht heilbar und führt irgendwann zum Tode. Es handelt sich dabei um einen letztendlich unerklärlichen Vorgang. Volksmusiker halten sich bevorzugt im Fernsehen auf und tragen eine Art LSD-Trachtenmode. Die Gesichter sind wie in den chinesischen Opern maskenhaft geschminkt und hinter einem 10 cm dicken Make-up verborgen. Die meisten Volksmusiker haben sich außerdem ein permanentes Lächeln ins Gesicht operieren lassen und sobald sie Musik hören, bewegen sie wie unter Zwang die Lippen. Die Leute vom Fernsehen versuchen nämlich, die Volksmusiker reinzulegen und spielen urplötzlich vollkommen hirnrissige Musik vom Band, zu der dann die Volksmusiker blitzschnell und synchron die Lippen bewegen müssen, damit die Menschen vor dem Fernsehbildschirm glauben, sie würden diesen Schwachsinn wirklich singen. Natürlich schämen sich die Volksmusiker für dieses unwürdige Treiben, aber leider können sie das wegen des Beton-Make-ups nicht so richtig zum Ausdruck bringen.

Der Volksmusiker ist nur in jungen Jahren überhaupt in der Lage, die Musik zu hören, die vom Band kommt. Nach etwa zehn Jahren Volksmusik reagiert der Körper und es ensteht eine »emotionale Taubheit«: Der Volksmusiker hört nichts mehr, bewegt aber die Lippen trotzdem korrekt und schwenkt sein Instrument im Takt. Seit einigen Jahren sind die ersten Volksmusikautomaten in Betrieb, man schätzt, dass 50% aller Volksmusiker digital betrieben werden. Emotionale Taubheit kann auch bei den meisten Zuhörern von Volksmusiksendungen diagnostiziert werden; man weiß nicht, was diese Menschen überhaupt hören. Vielleicht erfreuen sie sich nur an den irren Trachten. Ohropax brauchen sie jedenfalls nicht.

Bei anderen völkischen Gelegenheiten wäre Ohropax dringend notwendig gewesen, wurde aber leider nicht eingesetzt. Hätten die Zuschauer bei Goebbels' Sportpalast-Rede alle Baumwollwatte in den Ohren gehabt, wäre die Antwort auf die Frage »Wollt ihr den totalen Krieg?« gewesen: »Häh?«

Ohropax dient auch als perfektes Verhütungsmittel. Man hört nicht, wenn man von jemand angesprochen wird, genauso wenig wie man hört, was andere Menschen antworten, nachdem man sie belästigt hat; so können keine unglücklichen Beziehungen entstehen. Ohropax ist sicherlich das Großartigste, was deutscher Erfindergeist je geschaffen hat. Wenn Sie dieses Kapitel nicht noch mal hören wollen, lesen Sie es beim nächsten Mal einfach mit Ohropax.

Jedes Land braucht Strom, damit es vorangeht. Der Irak ist zum Beispiel bekannt als Zweistromland, Polen ist das Wechsel- oder Weichselstromland und Österreich ein Schwachstromland. Deutschland ist dagegen das Starkstromland, denn Deutschland hat den Rhein, einen wirklich mächtigen, starken Strom.

Der Rhein ist die deutsche »National 7« oder »Route 66«. Allerdings führt diese Straße nicht von Chicago nach LA und besteht hauptsächlich aus Wasser. Also ganz unten drin und am Rand liegen auch Steine, aber oben drüber ist nur Wasser. Unglaublich viel Wasser. Und deshalb kann man auf dem Rhein nur mit dem Schiff fahren. Mit dem Auto geht es auch, aber man bleibt nicht sehr lange über der Wasseroberfläche. Der Rhein fließt von Süden nach Norden durch Deutschland, d.h., er fließt den Globus hoch. Das muss man gesehen haben. Da muss man mal mitgefahren sein. Wie jeder Fluss fängt der Rhein als ganz kleines bescheidenes Rinnsal irgendwo in der Schweiz an. Das Wasser in diesem Rinnsal ahnt noch nichts davon, dass es mal Teil eines richtig breiten Stroms sein wird. Und es ahnt auch nichts davon, dass es am Ende einfach ins Meer gekippt, also versalzen wird.

Der Rhein diente in früheren Jahrhunderten deutschen Dichtern als Inspirationsquelle. »Ein Blick in den Rhein und dir fällt was ein«, hat Walther von der Vogelweide gesagt, wobei diese Zeile sicherlich zu seinen schlechtesten zählt, weil er beim Schreiben in den Neckar geschaut haben soll. Bis auf »Tod in Venedig« sollten eigentlich alle Romane von Thomas Mann am Rhein spielen. Darauf hatte er mit Franz Werfel gewettet. Im Laufe seines Schaffens merkte der Dichter, dass er diesen Plan wohl nicht würde verwirklichen können. Er sorgte allerdings dafür, dass wenigstens einmal in jedem Buch vom Wasser die Rede war. Goethe, der bekanntlich jeden Tag zwei Flaschen Rotwein und eine Flasche Champagner trank (siehe auch Kapitel So was muss man in Deutschland wissen*), ließ sich, egal wo er war, täglich einen Eimer Rheinwasser bringen, den er dann sofort angewidert wegkippte. Eichendorff hatte in jungen Jahren den ehrgeizigen Plan, in sämtlichen Rheingaststätten unangenehm aufzufallen und vor die Tür gesetzt zu werden. Das Vorhaben gelang.*

Der Rhein hat die schönsten deutschen Lieder inspiriert: »Einmal am Rhein«, »Wenn das Wasser im Rhein goldner Wein wär« oder »Ich hab den Vater Rhein in seinem Bett gesehen« und »Einer geht noch rein«. Wer diese Lieder hört, begreift, wie viel Leid so ein großer Fluss über die Menschheit bringen kann.

Dennoch ist der Rhein die Lebensader Deutschlands. Er führt durch die alte Hauptstadt des Landes, einen Ort namens Bonn. Dort wurden früher alle Entscheidungen getroffen und Gesetze beschlossen, man schrieb sie auf ein Papier, steckte das Papier in eine Flasche und warf sie in den Rhein. Dann trieb die Flasche den Fluss hinauf bis ins Meer und wer sie fand und das Papier las, musste das Gesetz in die Tat umsetzen. Heute heißt die Hauptstadt Berlin und die Flüsse heißen Havel und Spree. Kein Mensch weiß, wo die hinfließen und in welchen man am besten die Flasche mit den Gesetzen reinwirft. Deshalb ändert sich auch so wenig in Deutschland.

Am schönsten aber ist es, wenn man selber das Papier in der Flasche ist und sich den Rhein herunter- oder herauftreiben lassen kann. Das geht am besten mit einem so genannten Ausflugsdampfer, von denen es auf dem Rhein Zehntausende gibt. Einmal in seinem Leben sollte jeder Mensch ein paar Stunden an Bord eines Ausflugsdampfers verbracht haben.

Zum Beispiel auf dem Raddampfer »Goethe«, dem Stolz der Weißen Flotte, der von Koblenz nach Mainz fährt. Koblenz besitzt einen Überfluss an Flüssen, neben dem Rhein die Mosel und fast in Sichtweite mündet auch noch die Lahn. Viele Bewohner eines flusslosen Ortes überlegen ernsthaft, das Kartellamt anzurufen. In Koblenz hat man Friedrich Baedecker begraben, den Mann, der den ersten Touristen erklärte, wohin man gucken muss und wo man sich von fremden Gaunern über den Tisch ziehen lassen kann.

Bevor das Schiff ablegt, wird durch eine dicke Leitung Wasser in seinen Bauch gepumpt. Uns kommt das merkwürdig vor. Warum muss ein Schiff mit Wasser gefüllt werden? Wahrscheinlich ein alter Aberglaube oder es gibt gefährliche flache Stellen, die man dann mit dem mitgebrachten Wasser auffüllen kann.

An Bord der »Goethe« ersetzt eine Tonbandstimme den Baedecker, die in Deutsch, Englisch und Japanisch auf Sehenswürdigkeiten an den Ufern des Rheins hinweist. Wer jemals in einem Bus fuhr, dessen Fahrer das Tonband mit den Stationsansagen zu spät eingeschaltet hatte, weiß, welche Katastrophen hier drohen können – ganz sicher können wir also nicht sein, ob wir auch wirklich das gesehen haben, was die Tonbandstimme beschrieb.

Zwischen den Erklärungen erklingen unausgesetzt und unübersetzt die schon erwähnten Lieder zum Lobe des Rheins. Wir haben uns in Bugnähe einen Sitzplatz gesichert, damit wir alles als Erste sehen können – noch bevor uns gesagt wird, was wir sehen. Zwar befindet sich einige Meter vor uns auf einem tieferen Deck ein Matrose, doch der ist mit Säuberungsarbeiten beschäftigt und hebt nicht den Kopf, weshalb wir tatsächlich als Erste das Freibad am Fluss, die große Brauerei und die Mündung der Lahn sehen. Wenn wir uns Flüsse als lebendige Wesen vorstellen, was denkt dann wohl die Lahn, wenn sie in den Rhein fließt? Empfindet sie ein Glücksgefühl, weil sie in einem größeren Ganzen aufgehen darf, ist es Ärger, weil sie nun für immer ihre Identität aufgeben muss, oder könnte es einfach nur sein, dass die Rheinlieder unserem Verstand bereits etwas zugesetzt haben?

Auf der Reise begegnen wir vielen anderen Schiffen, die poetische Namen wie »Eiltank 3«, »WAN-L-177« oder »Gisela« tragen, und immer steht dort jemand und schrubbt hingebungsvoll das Deck. Wird der beim Kauf eines Bootes mitgeliefert oder handelt es sich um eine wasserpolizeiliche Schikane? Beinahe sechs Stunden soll unsere Fahrt dauern und schon nach zwanzig Minuten können selbst die bösartigsten Rheinlieder unserem Bewusstsein nichts mehr anhaben, denn wir fühlen uns einfach nur ergriffen von der Erhabenheit der Kulissen, die an uns vorüberziehen. Wobei wir manchmal nicht mehr wissen, ob wir es sind, die fahren, oder ob geschickte Landschaftsarchitekten die Ufer einfach an uns vorbeiziehen. Hin und wieder halten wir oder das Ufer an und nehmen frische Rentner an Bord, die uns zunehmend den Blick verstellen, mit ihrem Aftershave belästigen und dreist ihre Gesprächsthemen aufdrängen. Unsere Anwesenheit an Bord drückt den Altersdurchschnitt um Jahrzehnte und die Kaufkraft um 50%. Es lässt sich andererseits auch nicht leugnen: Der Rhein ist tatsächlich wie geschaffen für den Transport älterer Menschen. Er beunruhigt das Gemüt nicht durch sprunghafte Panoramenwechsel, seine Sehenswürdigkeiten wurden in sinnvollen Abständen aufgestellt. Fährt man an der einen Burg vorbei, kann man die nächste in der Ferne schon erahnen. Das Ufer ist nicht durchgängig, sondern nur punktuell bebaut, so lassen sich die Städte leichter auseinander halten. Das ist alles hervorragend durchdacht und geplant. Kein Wunder, dass die 56 Flusskilometer von Koblenz bis Bingen zum Weltkulturerbe gehören. Wobei in diesem Fall natürlich das Flusstal gemeint ist, denn der Fluss ist ja im Fluss, das Wasser, das heute noch Weltkulturerbe durchfließt, wird morgen schon in der Nordsee versalzen. Der Rhein belegt übrigens in der Rangliste der längsten Flüsse einen enttäuschenden 27. Platz, doch in Bezug auf seinen Wasserinhalt bringt er es auf einen sensationellen 7. Rang. Auch das Wasser möchte sich offenbar an der grandiosen Landschaft erfreuen – deshalb drängt es in solch ungeheuren Mengen in den Rhein.

Obwohl über den Rhein schon fast alles gesagt wurde, hält er selbst für den abgebrühten Raddampferreisenden die eine oder andere Überraschung bereit. Kurz vor St. Goar fällt uns ein bootsförmiges Restaurant ins Auge. Während wir noch die Kühnheit der Konstruktion bestaunen, tritt ein beleibter Mann aus der Eingangstür, setzt ein trompetenartiges Instrument an die Lippen und bläst einen übermütigen Fanfarenstoß – uns zum Gruße. Seine Begeisterung macht uns den einzigen Mangel dieser Reise bewusst: Wir können den Rhein, das Rheintal und deren Schönheiten sehen, aber wir können uns nicht dabei zusehen, wie wir mit dem herrlichen Schiff durch diese Schönheiten gleiten. Der Mann mit der Trompete kann das. Ihn müssen wir beneiden.

Zwei Flussbiegungen weiter wird endlich klar, warum unser Schiff in Koblenz so viel Wasser an Bord genommen hat: Es wird als Ballast benötigt. Hundert Meter vor der Loreley, wenn alle Fahrgäste auf die linke Seite strömen, füllt der Kapitän vorrübergehend die rechte, vollkommen verlassene Schiffshälfte mit Wasser, so kippt die »Goethe« nicht um. Die Loreley hinterlässt keinen besonderen Eindruck, eigentlich handelt es sich eher um eine lästige Sehenswürdigkeit, die man an den Anfang der Tour legen sollte, damit man sich besser auf ganz andere Sensationen konzentrieren kann. So steuert zum Beispiel fünf Minuten später der Kapitän einem vollkommen verlassenen Anlegeplatz zu. Ein Matrose springt rasch auf die Pier und greift nach einer Plastiktüte, deren Inhalt er sofort überprüft. Fasziniert beobachten wir und der Kapitän, wie er kurz einen Fleischwurstring hervorzieht und wieder verschwinden lässt. Die »Goethe« nimmt die Fleischwurst samt Matrosen an Bord und Kurs auf Rüdesheim, einen Ort, der sich nicht beschreiben lässt. Man muss ihn gesehen haben. Deshalb legt das Schiff hier eine längere Pause ein. Wir könnten nun in ein anderes Boot umsteigen und weiter bis Mainz fahren, aber in Mainz gibt es keine Drosselgasse. Dort kann man nicht in einem hessischen Weinlokal sitzen, sich von einer böhmischen Blaskapelle mit bayerischen Liedern unterhalten lassen, während im Lokal gegenüber eine thailändische Frauenband Countrymusik spielt und drei Gaststätten weiter ein schwermütiger Russe über einem umfangreichen Saiteninstrument einzuschlafen droht. Mit Weltkulturerbe ist dieser globalmusikalische Großangriff nur dürftig umschrieben. Rüdes-

heim hat die größte Andenkendichte der Welt, hier kann man Eiffeltürme aus Plastik und »I love NY-T-Shirts« kaufen. Es gibt nur wenige Plätze in Deutschland, wo man sich im eigenen Land so fremd fühlen kann wie in Rüdesheim. Und genau in diesem Moment geht auch noch der Matrose mit dem Fleischwurstring an uns vorbei. Sechs Flussstunden sind sechs Festlandjahre, aber eine Stunde Rüdesheim ersetzt ein ganzes Leben.

Wir könnten mit der »Goethe« wieder zurück nach Koblenz fahren, aber wer kann mit Sicherheit sagen, ob nicht bei einer Flussfahrt in umgekehrter Richtung alle Eindrücke wieder ausgelöscht werden? Uns erscheint es zu riskant, denn unsere Eindrücke möchten wir unversehrt mitnehmen. Auf der Heimfahrt mit dem Auto überholen wir die »Goethe«. Wenn wir jetzt noch an Bord wären, könnten wir uns tatsächlich sehen.

So bewegt man sich in Deutschland

Bahn, Birkenstock, H-Moll-Messe

Die meiste Zeit über bewegt man sich in Deutschland relativ vorsichtig, damit nichts kaputtgeht. Die Deutschen haben sehr schlechte Erfahrungen mit plötzlichen Bewegungen gemacht. Im letzten Jahrhundert ist nach solchen unkontrollierten Zuckungen ziemlich viel zu Bruch gegangen, unter anderem die Frauenkirche in Dresden, das Führerhauptquartier und der Glaube an das Gute im Menschen. Seitdem bewegt man sich in geordneten Bahnen, und zwar in der Deutschen Bahn. Ein ganz erstaunliches Fortbewegungsmittel. Es fährt auf Schienen, die auf Holzschwellen genagelt sind. Um mit der Bahn mitfahren zu dürfen, braucht man einen Fahrschein, doch der wird nicht einfach so ausgehändigt. Man muss am nächsten Bahnschalter vorsprechen und zunächst das Ziel der Reise nennen. Sagen wir mal, man will von Frankfurt nach Bielefeld fahren, dann schaut der Bahnangestellte erst mal nach, ob die Schienen überhaupt bis Bielefeld reichen. Sollte das der Fall sein, kann man eine Fahrkarte beantragen. Ansonsten muss man seine eigenen Schienen mitbringen. Wenn man weiß, wann man fahren will, überprüft die Bahn, ob an dem Tag Züge verkehren, oder ob es ein Schaltjahr ist oder gerade Fahrplanwechsel.

Der Fahrplanwechsel ist ein magisches Datum, einer der höchsten deutschen Feiertage. Er findet inzwischen jedes Jahr einmal statt, meist am zweiten Samstag im Dezember. An diesem Tag werden überall in Deutschland die Fahrpläne gewechselt, das heißt, die alten Fahrpläne werden gegen neue ausgetauscht. Dieser Vorgang ereignet sich genau um 0.00 Uhr. Wenn man in diesem Moment in einem Zug sitzt, der nach dem alten Fahrplan verkehrt, dann kann es passieren, dass der Zug plötzlich stehen bleibt und erst in einem halben Jahr wieder weiterfährt. Man schätzt, dass etwa 20% aller Bahnreisenden in solchen Zügen sitzen: Sollten Sie schon seit Monaten auf jemanden warten, machen Sie sich keine Gedanken und gehen Sie noch nicht zum Scheidungsanwalt. Manchmal muss ein Zug auch sofort umdrehen, weil das so im neuen Fahrplan steht, oder es werden ein paar Waggons abgehängt. Sollte eine feindliche Macht die Absicht haben, Deutschland zu besetzen, dann wäre der Tag des Fahrplanwechsels sicher der günstigste Angriffszeitpunkt.

Ähnlich verzwickt ist die Sache mit der Sommer- und Winterzeit (siehe Kapitel *So was glaubt man in Deutschland*). Wenn im März plötzlich die Uhr um eine Stunde vorgestellt wird und man sich zum Beispiel kurz vor Bielefeld befindet, dann ist man plötzlich in Hannover oder, wenn man aus Richtung Osten kommt, in Dortmund. Das kann einen ungeheuren Schock auslösen. Sinnvoller ist es, den Wechsel zur Winterzeit im Zug zu verbringen. Dann wird die Uhr eine Stunde zurückgestellt. Man fährt also zum Beispiel gerade in den Bielefelder Bahnhof ein und steigt aber in Hannover aus. Unglaubliche Sache, diese Winterzeit!

Wenn aber gerade mal keine Uhr- oder Fahrplanumstellung stattfindet, bekommt man relativ problemlos eine Fahrkarte. Der normale Fahrpreis liegt bei 1000 Euro plus minus irgendwas. Es gibt aber unglaublich viele Möglichkeiten, den Fahrpreis zu senken, und wenn Sie ein paar Stunden Zeit haben, lassen Sie sich das mal von dem Mann hinter dem Schalter erklären. Wenn Sie beispielsweise eine Bahncard 50 besitzen, kostet die Fahrt nur noch die Hälfte. Wenn Sie die Bahncard 25 haben, kostet es 25% weniger, wenn Sie die Bahncard 200 haben, kostet es das Doppelte. Dann gibt es noch den Frühbucherrabatt. Wenn Sie Ihre Fahrt im letzten Jahrhundert gebucht haben, bekommen Sie noch 20 Euro raus. Wenn Sie drei Wochen vor Fahrtantritt buchen, wird es viel billiger, zwei Wochen vorher ein bisschen billiger und wenn Sie die Fahrkarte eine Woche nach Reiseantritt buchen, wird ein ICE nach Ihnen benannt. Wenn Sie dann noch Ihren Telefonjoker einsetzen und die Masterfrage richtig beantworten, können Sie 10 000 Euro gewinnen.

Dann sollten Sie nur noch einen Sitzplatz reservieren. Das ist wichtig, denn die Bahn will wissen, wie viel Sitze sie einbauen muss. Klar, dass man nicht immer alle mitschleppen kann, aber wenn die Bahn weiß, welchen Platz Sie haben möchten, dann wird der auf jeden Fall mitgenommen. Wenn Sie vergessen haben zu reservieren oder gerne ein Abteil für sich allein haben möchten, dann nehmen Sie Leberwurstbrote und hart gekochte Eier mit und beginnen zwischen Fulda und Kassel mit dem Verzehr.

Empfehlenswert ist auf jeden Fall ein Fensterplatz. Denn hinter der Fensterscheibe ist Deutschland. Im Zug ist auch Deutschland, aber dort gelten andere Gesetze: Man darf sich nicht herauslehnen und beim Stillstand des Zuges nicht die Toilette benutzen. Außerdem muss man dem Zugbegleiter die Fahrkarte zeigen. Außerhalb des Zuges hat die Fahrkarte keinen Wert. Man kommt damit keinen Schritt weiter und wird auch nicht am Platz bedient.

Der Deutsche kennt fünf Fortbewegungsarten: das »Bummeln«, das »Abhetzen«, das »Joggen«, das »Wandern« und das »Abhotten« oder »Raven«. Für die meisten dieser Bewegungsarten kann man die Birkenstocksandale benutzen, eine Art Schuh, der hauptsächlich aus Löchern besteht. Sie ist an keinen Fahrplanwechsel gebunden, allerdings wird sie mit der Bahncard auch nicht billiger. Reservierungen haben keine Gültigkeit. Besonders interessant sieht die Birkenstocksandale aus, wenn man dicke Wollsocken dazu trägt. Häufig kommen diese Sandalen in Arzt- und Massagepraxen vor. Sie passen hervorragend zu einer Fangopackung oder einer Aromatherapie. Weshalb sie außerhalb von Kliniken getragen werden, ist schwer nachvollziehbar, es laufen ja auch nicht alle in weißen Kitteln herum. Die Birkenstocksandale ist unglaublich bequem. Wer sie einmal angezogen hat, möchte sie nicht wieder ausziehen, weshalb man am besten nie eine anprobieren sollte. Man kann aber auch jede andere Sandale anziehen, es sieht immer scheiße aus. Wenn man im Ausland seinen Pass verloren hat, reicht es, die Sandalen vorzuzeigen, um als Deutscher identifiziert zu werden. Man muss sich aber in Deutschland nicht unbedingt selbst bewegen, man kann sich auch bewegen lassen. Das geht am besten mit der H-Moll-Messe von Bach oder mit einem Gedicht von Josef von Eichendorff. Dazu darf man aber auf keinen Fall Sandalen tragen.

So wird Deutschland sauber gemacht

Laub, saubere und unsaubere Jahreszeiten, Reinigungsmittel, Mülltrennung

Deutschland ist ziemlich schlecht sauber zu halten. Durch seine Lage in der Mitte Europas schmutzt es ständig ein. Auch im Land selbst wird unglaublich viel Dreck produziert. Es gibt deshalb über 4000 verschiedene Reinigungsmittel, von denen durchschnittlich 800 in einem deutschen Haushalt gefunden werden. Da Deutschland nicht einheitlich aus Wüste, Wiesen, Meeren oder Bergen besteht, braucht man für jede Gegend ein spezielles Reinigungsmittel.

Es erweist sich als ungeheuer schwierig, ein Gebirge wie die Alpen sauber zu halten. Mit ein bisschen Scheuersand ist es da nicht getan. Berggipfel brauchen eine andere Pflege als beispielsweise Gletscherspalten oder Seilbahnstationen. Zum Glück hat sich der Deutsche Alpenverein der Pflege der Bergwelt verschrieben. Jeden Tag werden die Gipfel mit Murmeltierfett eingerieben und mit Gipfelglanz-Ultra nachbehandelt. Etwa 6000 Hektoliter Calgon werden benötigt, um die gefährlichen Kalkablagerungen zu bekämpfen, von denen Deutschlands Gebirge seit Jahrmillionen befallen sind (siehe auch Kapitel *So sieht Deutschland auf dem Brocken aus*). Leider steht das bewährte Entkalkungsmittel nicht in den benötigten Mengen zur Verfügung. Immer wieder werden die Berge undicht, können den Schnee nicht mehr halten und es kommt zu verheerenden Lawinenabgängen.

Ähnlich verhält es sich mit den deutschen Flüssen. Auch sie

können das Wasser oft nicht halten und dann steht der Keller unter Wasser. Menschen, die in der Nähe von solchen undichten Flüssen leben, haben immer einen ansehnlichen Vorrat an Löschblättern im Haus, mit denen sie die Flüssigkeit aufsaugen.

Wer allerdings glaubt, er könnte das Flusswasser zu Reinigungszwecken benutzen, wird schnell enttäuscht. Hausfrauen, die ihre Weingläser in der Weser wuschen, beklagten die geringe Fettlösekraft des Flusses. Es blieben Lippenstiftreste am Glasrand zurück. Das Geschirr wurde zwar weggespült, aber man fand es in den seltensten Fällen wieder.

Die unsauberste Jahreszeit in Deutschland ist der Herbst. Milliarden von Blättern, die vorher monatelang mühevoll an den Bäumen befestigt wurden, fallen einfach auf den Boden. Wissenschaftler nehmen an, dass es sich dabei um einen evolutionären Test handelt, mit dem die Natur herausfinden will, ob die Deutschen noch genügend Kehrkraft besitzen. In dem Jahr, in dem wir es nicht mehr schaffen, die Blätter vom Bürgersteig zu sammeln, werden wir als Krone der Schöpfung bzw. als Beherrscher des Landes abgesetzt. Dann wird Deutschland nicht mehr von Menschen, sondern von Laubstaubsaugern regiert. Man wird sein eigenes Wort nicht mehr verstehen können und es wird furchtbar nach Abgasen riechen, aber dafür wird es hier ziemlich sauber sein. Kulturell natürlich eine Katastrophe: Stellen Sie sich Goethes *Faust* vor, aufgeführt von Laubstaubsaugern. Oder Beethovens Fünfte, gespielt von Laubstaubsaugern. Schrecklich! Wer soll sich das anhören? Rasenmäher und Schlagbohrmaschinen? Die sauberste Jahreszeit ist zweifellos der Winter. Nichts wächst, was man nachher wieder mühevoll wegwerfen müsste. Wenn das Jahr besonders schlimm war, wenn die Menschen viele schmutzige Wörter benutzt und unsaubere Gedanken gehabt haben, dann leitet die Regierung umfangreiche Schneefälle ein. Das ganze Land wird mit einer weißen Decke überzogen. Was darunter ist, weiß keiner, aber es sieht sehr gut aus. Leider versuchen die meisten Deutschen, auch den Schnee von ihrem Land zu entfernen, und deshalb gibt es im Winter am Straßenrand oft hohe Schneewälle, hinter denen man schlecht parken kann.

So schwierig wie die Reinigung der Alpen ist die Reinigung der Zahnzwischenräume und des Toilettenrandes. Forscher sind schon in die entlegensten Zonen der Erde vorgedrungen, doch den Toilettenrand haben sie bisher nicht erreicht. Im Handel werden verschiedene abenteuerlich gebogene Flaschen angeboten, mit denen man Reinigungsflüssigkeit auch durch die geschlossene Tür unter den Toilettenrand sprühen kann. Die Zahnzwischenräume werden davon aber nicht sauber. Die Deutschen sind nicht nur führend in der Herstellung, sondern auch in der Entsorgung von Müll. Ein Gegenstand, den man gestern gekauft hat, kann schon morgen zu Müll werden. Die Umwandlung ist ein rätselhaftes Phänomen, dem die Forschung noch nicht auf die Spur gekommen ist. Ein DVD-Player, den man für 50 Euro gekauft hat, kann sich schon nach wenigen Stunden in Müll verwandeln und stellt dann keinen Wert mehr dar, sondern nur noch ein Entsorgungsproblem. Man muss alle Gegenstände im Haus genau im Auge behalten, damit sie sich nicht hinterrücks in Müll verwandeln. Eine Hausfrau aus Gifhorn ließ ihren Mann nur zwei Minuten unbeobachtet. Als sie zurückkam, war der Mann Müll. Zu nichts mehr zu gebrauchen.

Müll ist eigentlich nur ein Kurzform für den Begriff »etwas, das aus der Wohnung muss«. Doch es gestaltet sich keineswegs so einfach, in Deutschland den Müll aus der Wohnung zu schaffen. Denn zuerst muss er getrennt werden. Jaja, das ist so! In einem Land mit einer der höchsten Scheidungsraten der Welt muss auch noch der Müll getrennt werden. Wer ahnt schon, wie viel Mülltrennungskinder in Deutschland leben und welche seelischen Nöte sie umtreiben.

Wie geht das nun vor sich? Bringt man ihn vor Gericht und sagt: »Ich beantrage die sofortige Trennung von diesem Müll. Wir haben uns auseinander gelebt und außerdem stinkt er«? Schon wird die Trennung ausgesprochen, sie behält das Haus und den Wagen, er bekommt eine Freifahrt zur städtischen Mülldeponie. So läuft das in Deutschland nicht. Wir müssen uns selbst von unserem Müll lösen und ihn dabei auch noch trennen. Und zwar nach verschiedenen Themengruppen. Es gibt Papiermüll, Glasmüll, organischen Müll, Sondermüll, Sperrmüll, Restmüll und Verpackungsmüll, um nur die bekanntesten Müllfamilien zu nennen. Papier und Glas ist klar, das bekommt jeder hin, aber was ist organischer oder auch Biomüll? Sind das Organe, die der Deutsche nicht mehr braucht: also Blinddarm, Milz, Niere, Seele? Die Seele wird häufig auf den Müll geworfen, man merkt das sofort, dann wirkt die Wohnzimmereinrichtung so seelenlos. Hat aber mit Biomüll nichts zu tun. Organe kann man nicht wegwerfen, die kann man nur spenden, und das ist wieder ein ganz anderes Thema. Biomüll sind Pflanzen und Tierprodukte, die man nicht mehr essen will oder kann. Die kommen in die »Grüne Tonne«. Sonderangebote und Sonderschultüten kommen in den Sondermüll, größere Dinge wie Schrankwände, Bücherregale oder Eiffeltürme kommen in den Sperrmüll, obwohl der Eiffelturm natürlich auf den Schrott gehört.

Das Interessanteste aber ist der Verpackungsmüll. Er kommt in den Gelben Sack: Plastik- und Metallverpackungen wie Joghurtbecher oder Konservendosen zum Beispiel; einen Kopf darf man nicht reinwerfen, obwohl er rein theoretisch einmal die Verpackung für ein Hirn gewesen sein könnte.

Der Gelbe Sack ist durchsichtig und wird alle zwei Wochen »an die Straße« gestellt, also auf den Bürgersteig, damit die Nachbarn sehen können, was man sich so an Verpackungen leisten konnte. Sollte man zu wenig davon im Haus haben, kann man sich leere Verpackungen im Internet bestellen oder man steht etwas früher auf und holt sich gefüllte Gelbe Säcke aus der Parallelstraße.

Der durchschnittliche Deutsche ist durchschnittlich mindestens vier Stunden am Tag mit Müll beschäftigt. Er muss ihn zunächst als Ware einkaufen, dann die Verwandlung zum Müll abwarten und ihn anschließend in die richtige Müllgruppe einsortieren. Warum verbringen die Deutschen so viel Zeit mit ihrem Müll? Es ist eine Vorbeugungsmaßnahme. Solange sich die Deutschen mit ihrem Müll beschäftigen und im Herbst die Blätter beseitigen, haben sie keine Zeit, einen weiteren Weltkrieg vom Zaun zu brechen. Ein simples Rezept, aber es funktioniert bisher ganz gut.

Wintersport verursacht unglaublichen Lärm und Dreck. Dagegen ist kein Reinigungsmittel gewachsen. Bäume müssen mit kreischenden Motorsägen gefällt, Hänge mit brüllenden Maschinen planiert werden. Seilbahnen zerren quietschend Tausende von Menschen auf Pisten, die stinkende Walzen zuvor lautstark präpariert haben. Mit arrogantem Knattern bricht der Skibob durch die spärliche Vegetation, infernalisch rotierend kreist der Helikopter über den höchsten Gipfeln und wirft dutzendweise kontaminierte Extremsportskanonen in die eben noch unberührte Landschaft. Brutale Skilehrer bellen rüde Kommandos in die Winterluft. Ihre Schüler tragen sondermüllpflichtige Kleidung in schreienden Farben. Das Skifahren selbst gehört zu den eher leiseren Tätigkeiten, es erinnert in seinen schönsten Momenten an das gefühlvolle Hantieren mit Schmirgelpapier. Kaum aber hat der Skifahrer die Schleifpapiere abgeschnallt, erwartet ihn das Après-Ski in der »Dezibel-Bar«. Der »Anton aus Tirol« oder der »König von Mallorca« sorgen nun dafür, dass nicht nur die Zehen, sondern auch die Ohren taub werden. Man muss sich nicht wundern, wenn die sensible Natur auf diese Zumutungen mit immer häufigeren Lawinenabgängen reagiert, die dann allerdings mit noch mehr Lärm und übrigens häufig auch mit einigen Entsorgungsproblemen verbunden sind.

Der Deutsche fühlt sich leider mit magischer Gewalt vom Berg angezogen und ist er erst da, muss er Krach machen. Fachleute haben sich lange mit dem Problem beschäftigt und können nun endlich die Lösung anbieten. Sie heißt »Allrounder Winterworld« und steht im Neusser Stadtteil Grefrath, da wo das Rheinland beinahe seinen flachesten Zustand erreicht. In der »Winterworld« hat man den Lärm ganz einfach überdacht. Das Ergebnis ist verblüffend. Steht man vor dem gewagt konstruierten Bauwerk, hört man nichts, besser gesagt, man würde nichts hören, wären da nicht noch mehrere Autobahnen, Bundes- und Landstraßen, in deren Asphaltpistennetz die »Winterworld« auf Beute lauert. Der Standort ist natürlich absichtlich gewählt, denn man möchte sowohl die Bewohner des Ruhrgebiets als auch die Holländer, Belgier und Schleswig-Holsteiner davon abhalten, die Alpen zu belästigen.

Tatsächlich gibt es ab sofort keinen Grund mehr, über ein unbescholtenes Gebirge wie die Alpen herzufallen, denn die »Winterworld« bietet von der »Info-Kassa« über die wohlpräparierte Piste bis zum »Jausen-Stadl« mit integrierter Disco alles, was man zum Wintersport braucht. Die Abfahrt ist 300 m lang und 60 m breit, zwei Schlepplifte und ein Sessellift sorgen für einen reibungslosen Transport der Lärmwilligen. Schon die Eingangshalle überzeugt. Hier ist alles sehr viel kompakter und übersichtlicher angeordnet als zum Beispiel in Garmisch-Partenkirchen oder Pfronten. Gleich rechts hinter der »Info-Kassa« erstrecken sich die Regale eines großen Wintersportbedarfshändlers. Das Reisebüro gegenüber verkauft eine Woche Dubai für 1395 Euro.

Ein nicht zu unterschätzender Vorteil: Man kann diese hervorragend organisierte Winterwelt unauffällig in dezenter Straßenkleidung oder auch im gedeckten Zweireiher betreten und sich dann im Untergeschoss, ohne größeres Aufsehen zu erregen, als knallbunter Skifahrer verkleiden lassen. Wohl geordnet und in einheitlichen Farbtönen warten Skier und Snowboards jeder Größe sowie Skilehrer vom Typ Robbie Williams bis Ricky Martin. Auf der Piste herrschen konstante 5°C minus, trotzdem ist man zunächst überrascht, dass sich der Schnee tatsächlich kalt anfühlt, und fragt sich auch, wie er eigentlich in die Halle gelangt ist. Haben sie ihn in Spezialtransportern aus Tirol kommen lassen? Wird er in einer Schneereinigung jede Nacht gewaschen, gebleicht und pistengerecht zurechtgemangelt? Nein, er kommt wie jeder andere Schnee von oben, aber weil er wegen des Daches nicht in die Halle fallen kann, wird er von zwölf Kanonen innerhalb der Räumlichkeiten produziert und von einer echten Pistenraupe sachgerecht verteilt.

Von der Piste abzukommen ist vollkommen unmöglich, man würde dann praktisch direkt aus der Halle ins Grefrather Gewerbegebiet fallen. Unfälle sind indoor aber grundsätzlich so problemlos möglich wie outdoor. Hunderte von Knochenbrüchen seien seit Eröffnung aktenkundig geworden, die meisten davon auf Stürze vom Barhocker zurückzuführen, behauptete der Taxifahrer, der uns vom Neusser Bahnhof ins Skigebiet transportiert hatte. Hier besteht übrigens noch ein gewisser Nachbesserungsbedarf, dieses Taxi sollte sich ab sofort nur »Shuttle« nennen, denn so heißt in echten Wintersportorten jeder noch so kleine Handkarren, in dem man vom Hotel zur Seilbahn verfrachtet wird.

Auch aus 200 m Entfernung vermag die Anlage zu überzeugen. Im weiten Umkreis gibt es kein höheres, längeres, auffälligeres oder schneehaltigeres Bauwerk. Wenn Archäologen in tausend Jahren bei Ausgrabungen darauf stoßen, könnten sie es auch für einen Weltraumbahnhof halten. Insgesamt schweift der Blick ungebremst bis zum Horizont und bleibt nur an einem größeren sakralen Gebäude hängen. Es handelt sich um das Benediktinerkloster Kreitz, das auch einen gewissen Schutz vor wintersportlichem Lärm verspricht. Es liegt unmittelbar an der Autobahn und verlangt von seinen Bewohnern damit eine ungewöhnliche Fähigkeit zur inneren Einkehr. In der »Benediktus-Regel« heißt es im Kapitel 7: »Wer sich selbst erhöht, wird erniedrigt, wer sich aber selbst erniedrigt, wird erhöht werden.« Tröstliche Worte, die sich auch an die Anfänger auf der Piste richten ließen, die dort vor den Augen ihrer Skilehrer in den Kunstschnee stürzen. Diese Vorgänge lassen sich wunderbar im »Jausen-Stadl« beobachten, von dessen Fenstern man eine herrliche Aussicht auf Piste, Schlepp- und Sessellifte hat: Man lädt sich an der Selbstbedienungstheke einen Teller »Züricher Geschnetzeltes« auf das Tablett, dazu ein »Stiegl-Bier«, original abgefüllt in Salzburg, und kann sich der Kontemplation hingeben. Wobei wir uns momentan, das sollte man nicht vergessen, keineswegs im Benediktinerkloster befinden. Sonst müssten wir uns an diese Regel halten: »Auf das Fleisch vierfüßiger Tiere sollen alle verzichten, außer die ganz schwachen Kranken.« Davon kann in der »Allrounder Winterworld« keine Rede sein, und hier singt man auch nicht »Herr, öffne meine Lippen, damit mein Mund dein Lob verkünde«, sondern: »Dicke Mädchen haben schöne Namen / heißen Tosca, Rosa oder Carmen / dicke Mädchen machen mich verrückt / dicke Mädchen hat der Himmel geschickt.« Auch eine Hymne zum Lob eines höheren Wesens, mit einer äußerst zwingenden Melodie. Wir kannten sie bislang noch nicht, aber wir können die Menschen drei Tische weiter gut verstehen, die dieses

Lied voller Inbrunst mitsingen. Wir können sie wirklich sehr gut verstehen, praktisch jedes Wort.

Die Bevölkerung von Neuss und Umgebung hat die »Winterworld« schon nach kurzer Zeit zu ihrem gesellschaftlichen Zentrum gemacht. Das Publikum teilt sich ziemlich genau in Aktive und Beobachter. »Es gibt ja auch nix, wennse sonst mal was erleben wollen, müssense in die Düsseldorfer Altstadt gehen«, sagte der Taxifahrer. Da aber ist der Schnee sehr teuer und wird grammweise angeboten und die Pisten, auf die man dort gehen kann, sind einigermaßen tückisch.

Gegen 20.00 Uhr füllt sich der Gastraum und immer häufiger sieht man Besucher in Abendgarderobe. Die Neusser Friseure beherrschen anscheinend noch die Kunst der Minipli-Frisur und auch das Blondieren scheint ihnen leicht von der Hand zu gehen. Vielleicht traf sich an diesem Abend auch nur die Belegschaft eines Coiffeurstudios im »Jausen-Stadl«. Wir verlegen unser Winterquartier kurzfristig ein Stockwerk höher ins Restaurant »Edelweiß«, so benannt nach dem herrlichen Teppichboden mit Edelweißmuster auf grünem Grund. Dort hat man aus rustikalen, gardinengeschmückten Fenstern einen noch besseren Ausblick auf das Pistentreiben: »Da meinsse, du stehst direkt im Sessellift«, begeistern sich zwei Damen, die in wehmütigen Erinnerungen schwelgen: »Hier hab ich auch schon mal mit Roland gesessen«, und noch wehmütiger: »Also, der Roland hatte dieses Rahmschnitzel vom Schweineteller, das war sehr gut.« Wir heißen nicht Roland und belassen es daher bei einem Salzburger Bier, serviert von Damen in feschen Lederhosen. Anschließend wechseln wir schnell wieder in den »Jausen-Stadl« und überlegen, ob wir uns der Polonaise anschließen, die bereits zum dritten Mal durchs Lokal schwankt, zu den Klängen von »Schiiiiiiifoan« und »Tirol, du bist mein Heimatland«. Und plötzlich stellen wir zu unserer Überraschung auch noch fest, dass der Text von »Er hat ein knallrotes Gummiboot« die letzten dreißig Jahre praktisch unversehrt in unserem Gehirn überwintert hat.

Erlebnisse dieser Art machen die »Allrounder Winterworld« neben all dem Snow- und Pistenfun zu einem unvergesslichen Ort, an den wir natürlich jederzeit gerne zurückkehren werden. Wir erkennen vor allem die große Chance, die in derartigen Projekten verborgen liegt. Vielleicht könnte man nach und nach alle Abfahrten in den traditionellen Wintersportgebieten stilllegen, auseinander schrauben und in den Gewerbegebieten Nordrhein-Westfalens und Niedersachsens wieder aufbauen. Überdacht, versteht sich. Denn so eine Maßnahme will wirklich gut überdacht sein.

So was glaubt man in Deutschland

Ostern, Waldorfschule, Sommerzeit, Gauben

In Deutschland glaubt man, dass der Osterhase an Ostern die Ostereier bringt. Nach einem anderen Glauben ist der Sohn Gottes, der drei Tage vor Ostern gestorben war, genau an Ostern wieder auferstanden. Von den Toten. Das ist wirklich schwer zu glauben, weil man normalerweise im Bekanntenkreis niemanden hat, der so etwas geschafft hat. Obwohl man in Deutschland oft einen Satz wie diesen hört: »Na, wieder auferstanden von den Toten?« Das bedeutet dann aber immer, dass der Angesprochene total besoffen war und sich zwei Tage krankgemeldet hat. Und wenn er am dritten Tag wieder in der Firma auftaucht, kriegt er diesen Auferstehungsspruch zu hören. Gottes Sohn hatte aber gar nichts getrunken, als ihm das mit der Wiederauferstehung zustieß, und in der Firma tauchte er dann auch nicht mehr auf. Kein Wunder, dass viele das nicht glauben können.

Einfacher ist die Sache mit dem Hasen, obwohl sich die Erwachsenen dabei verstohlen in die Rippen knuffen, ein Auge zukneifen und schwer gerührt sind, weil die Kinder so einen Unsinn glauben. Klingt ja auch zu komisch. Der Osterhase bemalt Milliarden von Eiern und versteckt sie dann persönlich bei Millionen Kindern. Ganz Schlaue rechnen aus, dass er genau 14 Hundertstelsekunden pro Kind Zeit hätte, und das würde ja wohl nicht hinhauen. Man könnte aber auch sagen, wenn das mit Jesus stimmt, dann stimmt das mit dem Hasen erst recht. Denn der verteilt ja bloß Eier.

Schon Monate vor Ostern sind die Regale in Schokoladengeschäften und Supermärkten voller Marzipan- und Nougateier, Schokoladenosterhasen und Schokoladenküken. Man kann Nester aus Bast kaufen mit farbiger Holzwolle als Polstermaterial, denn der Osterhase legt die Eier gerne in solche Nester. So erzählt man es den Kindern. Aber warum tut er das, er ist doch kein Vogel? Und weshalb befindet sich das ganze Zeug, was später in den Nestern liegt, zuerst im Supermarkt? Kauft der Osterhase das alles selbst? Natürlich nicht, der Osterhase hat ja gar kein Geld. Jeder Deutsche wird sich an den Moment in seiner Kindheit erinnern, wo er seine Eltern dabei ertappt, wie sie die Eier verstecken. Verlegen stottern sie, man wolle dem Osterhasen nur ein bisschen helfen, aber das Kind merkt, dass sie das selbst nicht glauben.

Dabei stimmt es. Es ist die reine Wahrheit. Natürlich bringt der Osterhase nicht die Eier, das könnte er unmöglich schaffen. Aber er sorgt dafür, dass wir es tun. Zwischen Hasen und Deutschen besteht von alters her eine besondere geistige Verwandtschaft. Wenn wir lange genug einen Hasen beobachten und ihm dabei in die Augen sehen, dann mag es uns vorkommen, als wisse er genau, was in uns vorgeht. Der Hase hat eine Art mentale oder transzendentale oder vielleicht auch telepathische Verbindung zum Menschen. Schon kurz nach Weihachten bringt er Schokoladenfabrikanten dazu, Schokoladenhasen zu fabrizieren, die sie in Goldpapier einwickeln und mit einem Glöckchen behängen. Spätestens Anfang März erweckt der Hase in Müttern und Vätern den unwiderstehlichen Wunsch, Schokoladenhasen und Marzipanenten zu kaufen. Er bringt sie dazu, Eier hart zu kochen oder auszublasen und zu bemalen, und Ostern werden dann überall in Deutschland Nester mit Eiern und Schokoladenprodukten gefüllt und in Gärten, Wohnungen und Kinderzimmern versteckt. Großeltern unternehmen mit ihren Enkeln Waldspaziergänge und lassen in unbeobachteten Momenten Eier fallen. Ein eigentlich vollkommen unerklärliches, ja wahnsinniges Verhalten. Warum sollten Menschen, vor allem Deutsche, so etwas Albernes tun? Es kann nur eine größere Macht dahinter stecken und diese Macht ist der Hase. Wir können alle froh sein, dass er sie nicht missbraucht und uns alle nötigt, Vegetarier zu werden oder uns die Ohren langwachsen zu lassen. Aber der Hase ist zu intelligent für solche primitiven Gefühle. Seien wir also dankbar, dass er uns nur zwingt, Eier zu verstecken, und hoffen wir, der Rest der Welt erfährt niemals, dass Deutschland vom Hasen beherrscht wird.

Neben dem Osterhasen glauben die Deutschen daran, dass ihre Kinder am besten in der Waldorfschule aufgehoben sind. Zum Glück gibt es nur sehr wenige Waldorfschulen, deshalb lässt sich das Gegenteil nicht beweisen. Die meisten Kinder müssen auf so genannte Staatsschulen gehen, wo man sie mit Staatsschulunterricht malträtiert. Wenn das Kind die ersten schlechten Noten nach Hause bringt und insgesamt einen irgendwie sensiblen Eindruck macht, dann denken die Eltern über einen Wechsel zur Waldorfschule nach.

Die Waldorfschule ist eine Erfindung von Rudolf Steiner, einem Mann, der mehr geschrieben hat als Goethe und Schiller zusammen. Wo er ging und stand, diktierte er, egal ob jemand zuhörte oder nicht. Steiner konnte auf Zuruf ganze Bücher schreiben bzw. schreiben lassen. Er interessierte sich für das Transzendente in der Gewerkschaftsbewegung ebenso wie für Seelenwanderwege in der Uckermarck. Steiner begründete eine eigene Religion, die so genannte Anthroposophie. Nach den Prinzipien der Anthroposophie werden Waldorfschulen geführt.

In Waldorfschulen gibt es keine Ecken, Schulbücher und Zensuren. Der Geschichtsunterricht beginnt mit Atlantis. Waldorfschüler sollen nicht fernsehen oder beim Fernsehen wenigstens Wollsocken tragen. Das verfügte Rudolf Steiner schon 1909 vor Erfindung des Fernsehens. In der Waldorfschule gibt es Astralleibesübungen und heiße Eurythmen. Anstelle eines Zeugnisses erhält der Schüler eine 36seitige, mit Fingerfarben illustrierte Beurteilung, in der steht, dass »seine Aura mangelhaft« sei und »seine Leistungen in Inkarnation zu wünschen übrig lassen. Wenn Pascal sich nicht mehr anstrengt, ist seine Wiedergeburt gefährdet.« Man versucht, das Kind so lange in einem Stadium der Unwissenheit zu lassen, bis es praktisch aus Trotz gegen die Lehrer von selbst anfängt zu lernen.

Manche Forscher glauben auch, dass Rudolf Steiner der Osterhase ist.

Außerdem glaubt man in Deutschland noch an die Sommerzeit. In jedem Jahr werden die Uhren am letzten Sonntag im März um eine Stunde vorgedreht. Und zwar genau um zwei Uhr morgens. Plötzlich ist es dann schon drei Uhr und man kommt nicht mehr hinterher. Der Alptraum läuft im Zeitraffer ab, eben saß man noch gemütlich mit seiner Freundin beim Sekt in der

Disco und plötzlich ist man nackt, hört sich »wie war ich« sagen und raucht eine Mentholzigarette.

Schuld daran ist der Staat. Der hat die Sommerzeit befohlen, weil man möchte, dass es länger hell bleibt in Deutschland. Denn kaum gilt die Sommerzeit, ist es erst um 20.00 Uhr so dunkel, wie es sonst schon um 19.00 Uhr war. Ob das Ganze physikalisch in Ordnung ist, muss bezweifelt werden, aber alle glauben dran.

Früher gab es riesige Siedlungen mit Hunderten von Häusern und alle hatten schöne schräge ununterbrochene Dachflächen. Unter dem schrägen Dach war der Dachboden, ein zugiger Ort, wo man die Wäsche trocknete, alte Kisten mit verrosteten Fahrradersatzteilen und SS-Uniformen lagerte. Später installierte man ein ungeheures Kabelwirrwarr für die Fernsehantenne. Die Menschen wohnten unten im Haus, im Erdgeschoss oder ersten Stock, und waren es zufrieden. Doch dann brauchten die Deutschen plötzlich Platz. Die Kinder sollten ein Spielzimmer haben, für die elektrische Eisenbahn, oder es musste ein Bügelzimmer für Mutter her oder ein Gästezimmer oder Volksgefängnisse. Nie wieder wollten die Deutschen ein Volk ohne Raum sein und sie begannen das »Dach auszubauen«. Am Ende kam immer eine Gaube dabei heraus. Eine Art bewohnbare Dacheiterbeule. Diese Eiterbeule muss man mit speziellen Gaubenmöbeln und Einrichtungsgegenständen füllen; letztendlich wohnen dann die Kinder in der Gaube und hängen sich Bilder von bösartig blickenden amerikanischen Basketballspielern an die Schrägen. Menschen, die in einer Gaube wohnen, werden nach kurzer Zeit hinterhältig, gemein, engstirnig, verschlossen und irgendwie, nun ja, schräg. Über 90 % aller Straftäter sind in einer Gaube aufgewachsen, haben jemand besucht, der in einer Gaube wohnt oder zumindest eine Gaube von außen gesehen. Das sollte uns zu denken geben.

So was muss man in Deutschland wissen

Der Bildungskanon. Abkürzungen, Literatur, Goethe, Sexualität etc.

Alle Deutschen müssen Bescheid wissen. Damit sie jederzeit in der Lage sind, an einem Fernsehquiz oder einem Polizeiverhör teilzunehmen. Was man wissen könnte, steht im Lexikon, aber wo steht eigentlich, was man wirklich unbedingt wissen muss und was man getrost vergessen sollte? Wo kann man so was nachlesen? Na, genau hier, sobald Sie das Wort Bildungskanon in Großbuchstaben sehen:

BILDUNGSKANON

Maßeinheiten

Alles in Deutschland ist messbar. Sogar der Erfolg. Er wird in Kilopond ausgedrückt. Ohne Maßeinheiten gäbe es keine Anzüge, keine blauen, roten, gelben und grünen Verkehrszonen im Nahverkehr, kein Idealgewicht und keine Busenwunder.

Was man wissen muss Entfernungen misst man in Kilometern und Metern, was darunter liegt, ist keine Entfernung, Flüssigkeiten in Litern und 2 cl. Eine Stunde ist schnell rum, kann aber auch quälend langsam vergehen, wenn man im Stau steht, weil man wegen der Entfernung das Auto genommen hat. Hätte man stattdessen den Zug genommen, stünde man jetzt wegen einer kleinen technischen Störung auf freier Strecke. Die kürzeste Verbindung zwischen zwei Punkten sind zwei Liter, aber auf ex.

Was man wissen könnte Parallelen treten immer zu zweit auf, einen Rhombus darf man auch Raute nennen (»hey, du verdammte Raute, halt mal die Mittelsenkrechte!«).
Was man nicht unbedingt zu wissen braucht Hoch- und Runtersprünge werden mit dem gleichen Lineal gemessen, obwohl es viel schwerer ist, aufs Dreimeterbrett zu springen als runter.
Was man besser gar nicht wissen sollte Selbst für Dinge, die man mit bloßem Auge gar nicht sehen kann, gibt es Maßeinheiten. Eine Staubmilbe zum Beispiel ist zwei Milbenmeter lang und wiegt 2 Milbengramm.

Zahlen

Gehören zu unserem täglichen Leben, wie Sauerstoff und Kohlenmonoxyd. Zahlen sind im Gaststätten- (»ich nehme 1-mal die 43, aber ohne Sardellen«) und Hotelgewerbe (Zimmer 202, im 2. Stock links) unentbehrlich geworden, aber auch an der Supermarktkasse oder im Mathematikunterricht macht man eifrig von ihnen Gebrauch.
Was man wissen muss Es gibt große und kleine Zahlen, sympathische und unsympathische. Die 3 ist eine der beliebtesten Zahlen (Tenöre, Musketiere, hl. Könige, von der Tankstelle, Amigos, Faltigkeit), die 5 ist eher eine Unglückszahl (Prozenthürde, Rad am Wagen, Beatle, vor zwölf!). Die größte bekannte Zahl hat 122 Nullen und heißt mit wissenschaftlichem Namen Fantastilliarde, alles was danach kommt, übersteigt jedes Vorstellungsvermögen und ist schlicht Wucher. Es gibt vier offiziell genehmigte Arten, Zahlen zu verändern. Das Dazutun (i.e. Addieren),

das Wegtun (i.e. Subtrahieren), das Mehrmachen (i.e. Multiplizieren) und das Kaputtmachen (i.e. Bruchrechnen).

Was man wissen könnte Man unterscheidet zwei Arten von Zahlen: die, die sich alles bieten lassen, und die Primzahlen, das sind Zahlen, die prima alleine klarkommen und sich von niemandem auseinanderdividieren lassen.

Was man nicht unbedingt zu wissen braucht Die Doppelnull ist sowohl die Lizenz zum Töten als auch ein Sanitärreiniger, als auch die Auslandsvorwahl.

Was man besser gar nicht wissen sollte Gleichungen mit 3 Unbekannten können niemals aufgehen. Ein Treffen mit zwei geheimnisvollen Unbekannten kann dagegen durchaus schöne Resultate hervorbringen.

Himmelskörper

Man sagt: die Erde ist nur ein kleines Staubkorn im Universum. Stimmt aber gar nicht, die Erde ist unser Heimatplanet. Kein Deutscher könnte jemals auf einem Staubkorn überleben, obwohl es bei manchen zu Hause ganz schön staubig ist. Wichtig ist, sich auch im Dunkeln im Universum zurechtzufinden.

Was man wissen muss Das Schwarze ist die Unendlichkeit, das Helle sind die Sterne. Das ganz helle Ding ist die Sonne. Die Ägypter glaubten, dass der Sonnengott jeden Morgen mit seinem Wagen über den Himmel fährt. Uns steht es wohl kaum an, die Erkenntnisse eines so alten Kulturvolkes anzuzweifeln. Unbedingt merken: Saturn, Mars, Venus, Pluto, Jupiter, Merkur, Uranus, Alpha Centauri, Betageuze, Großer Bär, Kleiner Bär,

Orion, Ariel, Omo, Sunil. Auf dem Mond, da wohnt ein Mann / der macht das Mondlicht aus und an.

Was man wissen könnte Der erste Kommunist im All hieß Juri Gagarin, er suchte seinen Hund, den die verdammten Russen kurz vorher auf den Mond geschossen hatten. Der erste Mensch hieß Tom Hanks. In einem Raumschiff kann man nicht einfach aus dem Fenster pinkeln.

Was man nicht unbedingt zu wissen braucht Der Mensch ist nicht die einzige Lebensform im Universum. Tatsächlich ist die Welt voll von missgestalteten Außerirdischen, die sich ihren Lebensunterhalt mühsam in schlecht produzierten Fernsehserien verdienen müssen, wie »Marienhof«, »Gute Zeiten, Schlechte Zeiten«, »Vera am Mittag«, »Unser Alien Dr. Specht«. Mitleid ist aber fehl am Platze, warum sind die nicht auf ihrem Scheißheimatplaneten geblieben?

Was man besser gar nicht wissen sollte Die Saurier lebten Millionen Jahre glücklich und zufrieden, bis plötzlich ein dicker Meteorit auf die Erde knallte, genau in dem Moment, als sämtliche Saurier ziemlich eng beieinander standen. Das nennt man Pech! Wissenschaftler befürchten nun, dass nach dem Gesetz der Trägheit eines Tages ein ziemlich dicker Saurier auf die Erde knallen könnte. Deshalb unbedingt große Menschenansammlungen meiden!

Buchstaben

Werden gerne zur Füllung von Büchern benutzt, finden sich aber auch auf Videotexttafeln und Beipackzetteln. Wo mehrere Buchstaben zusammenstehen, kann es zu Worten kommen, wie

Wmpfbrdgrmmpf oder Reinheitsgebot. Da Buchstaben die unselige Tendenz haben, sich in großen Gruppen zusammenzurotten, sind sie natürlich immer in Gefahr, von Meteoriten oder Sauriern erschlagen zu werden. Dann werden uns die Worte fehlen.

Was man wissen muss A, B, C, D, E, F, G, H, I, J, K, L, M, N, O, P, Q, R, S, T, U, V, W, X, Y, Z

Was man wissen könnte Ä, Ö, Ü

Was man nicht unbedingt zu wissen braucht ß

Was man besser gar nicht wissen sollte Die Preise für Buchstabensuppe sind seit der letzten Alphabetisierungskampagne 1957 um 2,8 % gesunken.

Abkürzungen

Die ulkigen Buchstaben mit oder ohne Punkt dahinter sind das *non modo sed etiam* unserer Sprache, das Credo unserer Kultur.

Was man wissen muss z.B., bzw., o.k., L.A., u.A.w.g., VW, KSK, kath.

Was man wissen könnte L.m.a.A., ICE, BH, HB, BB, HH, d.b.d.d.h.k.P., usw.

Was man nicht unbedingt zu wissen braucht ges. gesch., o.G., R.S.P.B., n. Chr. und dass PLUS für Prima Leben Und Sparen steht

Was man besser gar nicht wissen sollte v. Chr., d.J., d.Ä., F.D.P., ev., urolog., proct., MS DOS, Pro7

Literatur

Große Länder haben große Literatur (Faulkner, Stevenson, Dostojewski). Kleine Länder haben lizensierte Übersetzungen, Irland hat James Joyce. Zur Herstellung von Literatur benötigt man Buchstaben.

Was man wissen muss Tschechow, Ror Wolf, Astrid Lindgren, Otfried Preußler, Leo Perutz, Alexander Lernet-Holenia, Goethe, Shakespeare, Jean Pütz d. Ä.

Was man wissen könnte Den Unterschied zwischen Upton Sinclair, Sinclair Lewis, John Sinclair, John Updike und Dick van Dyke.

Was man nicht unbedingt zu wissen braucht Hätte man Hitler malen lassen, wäre er niemals Schriftsteller geworden.

Was man besser gar nicht wissen sollte In vielen Ländern der Welt dürfen Schriftsteller nicht schreiben, was sie wollen. Wenn sie es doch tun, ist ihr Leben in Gefahr. Goethe durfte schreiben, was er wollte. Er musste trotzdem sterben.

Goethe

Auch wenn man eigentlich gar keine Namen behalten kann, diesen sollte man sich merken, denn Goethe wird in Deutschland viel öfter genannt als Gott oder Gopernikus, obwohl die beiden auch mit G anfangen. Goethe war von Beruf Dichterfürst und wurde in Frankfurt geboren. Wenn man sich jetzt mal vorstellt, wie er seine Gesammelten Werke (ca. 12,5 Meter) in breitestem Hessisch vorgetragen hat, dann wird einem schnell klar, dass Goethe so etwas wie der Heinz Schenk von damals war. Mit vielen seiner Texte wollte Goethe etwas aussagen. In jedes seiner Werke baute er mindestens zwanzig »geflügelte Worte« (= i.e. megastarke Sprüche) ein. Goethe wusste praktisch alles, das Zeit-Kreuzworträtsel hätte er in drei Minuten lösen können. Allerdings musste er den Bildungskanon auch nicht mühsam erlernen, sondern konnte ihn selbst erfinden. Der Rest der Menschheit wusste nämlich so gut wie nichts. Goethe hat sich sein Leben lang nicht elektrisch rasiert oder für Privatfernsehen interessiert.

Was man wissen muss Faust I, Urfaust, Ururfaust, Einar Schleef inszeniert Faust, Die Leiden des jungen Werther, Götz von Berlichingen, Eckermann, pro Tag eine Flasche Champagner und eine halbe Flasche Rotwein, Farbenlehre, Zauberlehrling.

Was man wissen könnte Goethe und Schiller waren die Lennon/McCartney der Dichterei. Sie schrieben 93% aller Werke der Weltliteratur. Heute besitzt Michael Jackson die Rechte daran (für 80 Milliarden Dollar gekauft von der Goethe-Witwe Courtney Love)

Was man nicht unbedingt zu wissen braucht Wanderers Nachtlied, Die Wahlverwandtschaften, es hängt ein Pferdehalfter an der Wand.

Was man besser gar nicht wissen sollte Goethe soll, so beschreibt es Schiller in einem Brief an Lessing, am ganzen Körper tätowiert gewesen sein. Er sei deshalb nie nackt vor die Tür gegangen, sondern habe immer »was angehabt«.

Geflügelte Worte

Davon braucht man einen ansehnlichen Vorrat, sonst bricht die Kommunikation bald ab und der Bildungskanon ist am Arsch.

Was man wissen muss Besen, Besen seid's gewesen, Was du nicht willst das man dir tu das füg auch keinem andren zu, doch des frechen Frosches Traum endet schon am nächsten Baum, ich glaub mein Hamster bohnert, gogogo – allezallezallez, es war die Nachtigall und nicht die Lerche, wes Brot ich ess, des Lied ich sing, der Schiedsrichter schaut auf die Uhr, jetzt geht's los, einen Augenblick Geduld/Bambus sei mir Katapult!, videant consules ne quid detrimenti/res publica capiat, kammannixmachen.

Was man wissen könnte Habe nun ach, die Angst des Tormanns beim Elfmeter, nachts weiter dunkel, nach fest kommt ab, Bonduelle ist das famose/Zartgemüse aus der Dose, wie doch so ein hohler Zahn/gleich die Welt verändern kann, was man nicht selber weiß/das muss man sich erklären.

Was man nicht unbedingt zu wissen braucht Einen Pudding an die Wand nageln, Rom wurde auch nicht an einem Tag erbaut, wer hat uns verraten: Sozialdemokraten, den Dank Dame begehr ich nicht, brecht dem Schmidt die Gräten/alle Macht den Räten, trenne nie st, denn es tut ihm weh.

Was man besser gar nicht wissen sollte Milky Way ist Favorit/schadet nicht dem Appetit, ein Freund, ein guter Freund/das ist das Beste wasses gibt aufer Welt, lasst dicke Männer um mich sein, panta rhei, denn wer sich Allianz versichert/der ist voll und ganz versichert, tu felix austria, nube? Mars macht mobil/bei Blitzkrieg, Sport und Spiel, mein Jahr in der Niemandsbucht, don't follow leaders/watch parking meters, es gibt nur ein' Rudi Völler.

Tiere

Sind im Moment die Ersatzkrone der Schöpfung. Wenn wir Menschen es eines Tages nicht mehr bringen, weil wir den Bildungskanon nicht draufhaben, übernehmen wieder die Tiere. Es ist jetzt schon total interessant, wie sie versuchen, sich eine günstige Ausgangsposition zu verschaffen. Der Hund hat sich z.B. an uns Menschen rangeschleimt und denkt, wir würden ihm das Geheimnis des Feuermachens verraten. Pustekuchen! Bessere Chancen besitzt da schon das Meerschweinchen. Wie das immer so unschuldig rangewanzt kommt und hat es dabei faustdick hinter den Ohren. Der Papagei kann sprechen , aber wenn es den Menschen zerbretzelt hat, versteht ihn sowieso keiner mehr. Bis zur Machtergreifung sind die Tiere ausschließlich zu unserer Unterhaltung und zum Verzehr gedacht. Tiere vollbringen erstaunliche Leistungen, sie können uns mit einem Biss derartig schwächen, dass wir keine Goethegesamtausgabe mehr hochheben könnten. Darunter leidet natürlich die Bildung. Andererseits bleibt ein Beischlaf mit einer Schimpansin meistens erstaunlich folgenlos.

Was man wissen muss Deutscher Schäferhund, Deutsch Drahthaar, Deutsche Riesenschecke, Deutscher Dachs, Schwarzroter Goldhamster. Sichtbare Tiere kann man sich leichter merken als unsichtbare. Elefanten braucht man sich gar nicht zu merken, denn Elefanten vergessen nichts, Deutschland beherbergt ein Viertel des Weltbestandes an Sommergoldhähnchen, die allerdings nur bedingt zum Verzehr geeignet sind.

Was man wissen könnte Enten können gleichzeitig schlafen und Wache halten. Solche außergewöhnlichen Vögel sollte man nicht einfach aufessen.

Was man nicht unbedingt zu wissen braucht Am besten schmecken Enten in einer Cognacsauce an Mandeln auf einem Wildreisbett.

Was man besser gar nicht wissen sollte Dazu passt ein 88er Vougeot 1er Cru »Clos de la Perrière« oder ein 95er Morellino di Scansano.

Pflanzen

Was man wissen muss Es gibt zwei Arten: Beilagen und Steinobst.

Was man wissen könnte Bonduelle ist das famose/Zartgemüse aus der Dose.

Was man nicht unbedingt zu wissen braucht Moos wächst immer an der Seite des Baumes, an der man es am wenigsten vermutet.

Was man besser gar nicht wissen sollte Wenn man Blumenkohl nach dem Garen etwa zwei Tage lang im verschlossenen Topf aufbewahrt und dann den Deckel abnimmt, wird man von dem Geruch sehr überrascht sein.

Philosophie

Die Lehre vom Sinn des Lebens. Beginnt mit Sokrates, dem mit der bösen Alten, und Diogenes, dem Mann in der Tonne, und endet mit Foucault, dem »philosophierenden Baguette«.

Was man wissen muss Kant kam nie aus Königsberg raus.

Was man wissen könnte Plato kam noch nicht mal bis Königsberg.

Was man nicht unbedingt zu wissen braucht Hegelianer kommen langsam, aber gewaltig.

Was man besser gar nicht wissen sollte An Jesus kommt keiner vorbei außer Libuda.

Musik
Was man mit roher Gewalt nicht sagen kann, schafft man oft mit Musik. The beat must go on. Mozart hatte den Bogen raus, Bach auch, Musik war deutsch, bis Gershwin kam und mit ihm Louis Armstrong, The Beatles, Aretha Franklin, Abba und The Art Ensemble of Chicago.

Was man wissen muss Der Ton macht die Musik, doch Musik wird als störend oft empfunden, wenn sie mit Zwölfton verbunden. Mozart war der Goethe der Musik, Eichendorff war der Mozart der Literatur, aber Mörike schrieb »Mozart auf der Reise nach Prag«. Beethoven war taub, Wagner ein Nazi, Mendelssohn verschleppte die Tempi und Hindemith wird allgemein unterschätzt. Von Weber gibt es ein ergreifendes Stück für Fagott. Carl Orff brachte immer eigene Instrumente mit.

Was man wissen könnte Frank Sinatra arbeitete gerne nachts.

Was man nicht unbedingt zu wissen braucht Andere, weniger begabte Menschen schlafen nachts. Oder in der Oper.

Was man besser gar nicht wissen sollte Der finnische Bassist Pekka Pohjola hat eine sehr schöne Platte gemacht. Sie hat einen unaussprechlichen Titel, aber Musik setzt sich souverän über solche Probleme hinweg, sie ist die Lautschrift der Menschheit. Musik kann uns Gefühle vermitteln, die wir eigentlich gar nicht haben. 90% aller Männer bekommen von Ravels Bolero eine Erektion. Beethovens Fünfte wird auch in Indien verstanden, wenn man sie laut genug spielt und die Tempi ganz leicht verschleppt.

Geschichte

Interessante Sache, enthält aber auch viele Gestalten, die wir verachten.

Was man wissen muss Der Kleine mit der Hand in der Jacke war Napoleon, der bösartige Kleine mit der behaarten Oberlippe war Hitler, der lustige Kleine mit der behaarten Oberlippe war Chaplin und der Kleine mit der Lady aus Ägypten war Caesar.

Was man wissen könnte Dreidreidrei: bei Issos Keilerei, Siebenfünfdrei: Rom kroch aus dem Ei, Einssiebenachtneun: tat den Adel nicht freun, Einsachtvieracht: Demokratie wird gemacht, Einsneunviervier: Stauffenberg versagte hier, Einsneunfünfvier: Weltmeister sind jetzt wir.

Was man nicht unbedingt zu wissen braucht Hinter jedem Krieg stehen in erster Linie handfeste finanzielle Interessen.

Was man besser gar nicht wissen sollte Geschichte wiederholt sich als Farce. Täglich von 6.00 – 23.00 Uhr auf Kabel 1.

Sexualität

Muss jeder haben. Sex ist neben Demokratie und Mutterliebe die dritte Säule der deutschen Gesellschaft. Ohne Sex müssten 90% der Zeitschriftenproduktion eingestellt und fast alle Fernsehsender könnten dicht gemacht werden. Die Tatsache, dass Sie diesen Text lesen können, verdanken Sie der Sexualität.

Was man wissen muss Der Penis ist keineswegs der Mercedes unter den Sexualorganen, sondern der Opel Corsa. Das Kondom ist dagegen der Golf unter den Verhütungsmitteln, die weibliche Brust die Schweiz unter den Körperregionen. Frauen wollen immer nur das Eine, Männer das Andere.

Was man wissen könnte Über 90% aller Frauen können beim Akt so schlecht einschlafen; kein Wunder: Sexualität ist häufig die Ursache von Schlafstörungen.

Was man nicht unbedingt zu wissen braucht Einer geht noch, einer geht noch rein … man kann sich auch durch Zellteilung fortpflanzen.

Was man gar nicht zu wissen braucht Bei jedem Orgasmus werden Milliarden Gehirnzellen zerstört, vor allem das Erinnerungs …, Erinnerungs …, äh das, also die Fähigkeit, wenn man nicht mehr, na, also diese, das, puh …

So sieht Deutschland rein statistisch aus

Die häufigsten Vornamen, Die zehn größten Wunder, etc.

Bildungsniveau bei Schlachttieren, Beliebteste Ausbildungsberufe, Deutsche Großstädte, Die häufigsten Vornamen, Die zehn größten Wunder, Was sich die Deutschen leisten können etc.

99,8% aller Deutschen wurden schon einmal statistisch erfasst, 97,9% davon sogar mehrmals. Das sind erschreckende Zahlen, die Amnesty International gerne verschweigt, aber in Deutschland sind Millionen das Opfer statistischer Erhebungen. Wer schon einmal in einem Koordinatenkreuz aufgewacht ist oder unter einem Säulendiagramm lag, weiß, was das heißt. Täglich sind im ganzen Land Hunderte von Statistikern (= 0,04% der Bevölkerung) unterwegs und fragen ahnungslose Passanten, ob sie unverbindlich an einer Tortengrafik teilnehmen oder mal in einer Tabelle mitarbeiten möchten. Einige der erschreckendsten Ergebnisse dieser Übergriffe sehen Sie hier:

Würden Sie an einer Tortengrafik teilnehmen?

Quelle: Bäckerei Dingwerth, 4.4.2002

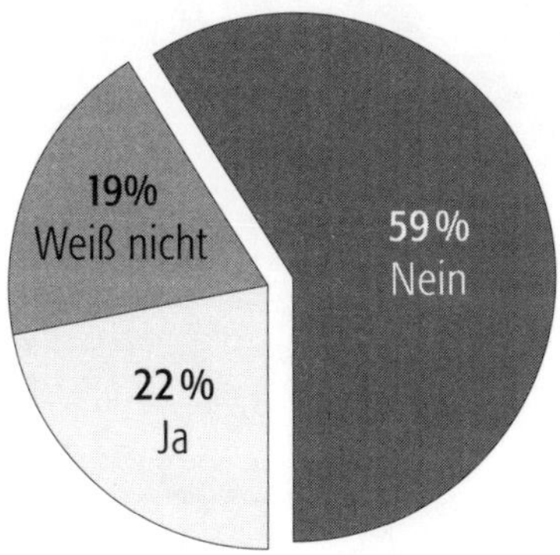

Beliebteste deutsche Ausbildungsberufe

Quelle: Salon Gisela, 11/03

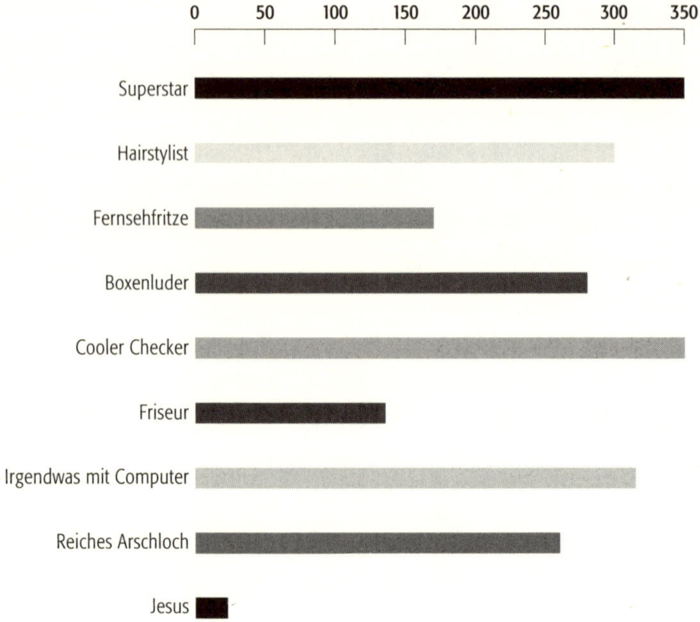

Erfolge der deutschen Außenpolitik

Stand 10/03

Gewonnene Weltkriege	0
Verlorene Weltkriege	2

Bildungsniveau bei deutschen Schlachttieren

Quelle: Bundesfamilienministerium, 11/03

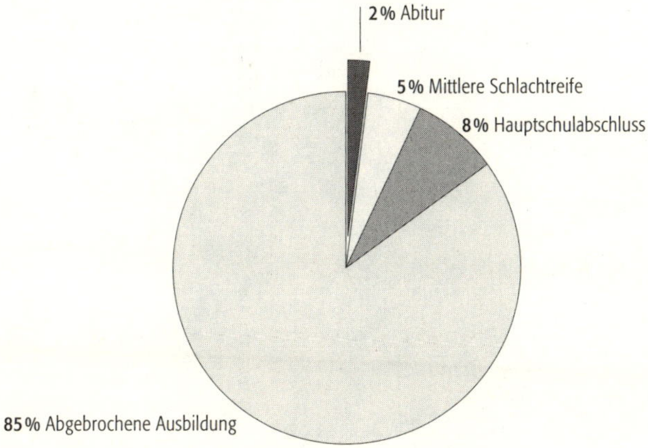

Höhe des Rohopiumverbrauchs pro Kopf in Wuppertal

Quelle: Dragan Solvic, 11/03

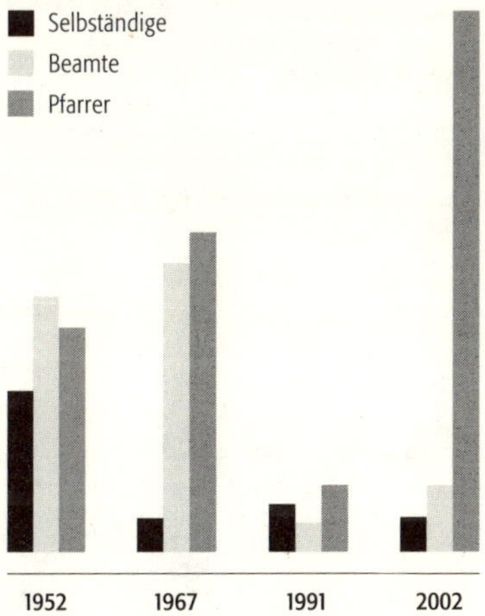

Deutsche Großstädte mit mehr als zwei Vokalen

Quelle: Dudenredaktion, 9/03

Schweinfurt
Wuppertal
Berlien
Oldenburg
Bielefeld
Oberhausen
Frankfurtoder
Hannover
Braunschweig
Oberursel
Leipzig

Die häufigsten Vornamen deutscher Kanzler

Quelle: Telefonbuch, 03/04

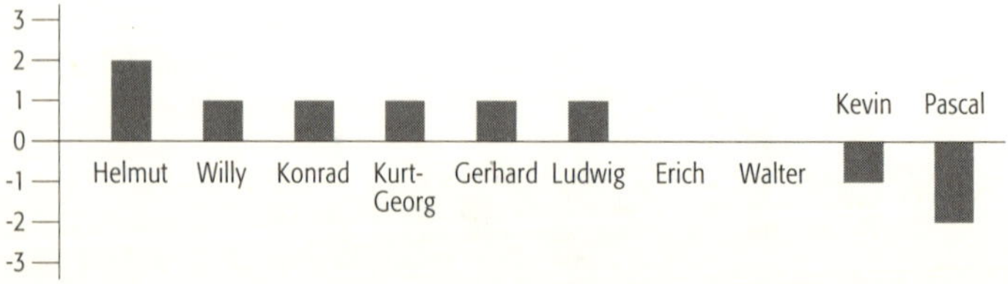

Die elf häufigsten Warnhinweise in Deutschland

Quelle: Wer will das wissen? 05/03

1.	Eltern haften für ihre Kinder
2.	Drücken
3.	Kein Trinkwasser
4.	Drücken, du Idiot!
5.	Bitte verlassen Sie diesen Ort, wie Sie ihn vorzufinden wünschen
6.	Halt
7.	Haaaaalt!
8.	Ungeöffnet haltbar bis mindestens siehe Deckelboden
9.	Weitergehen, hier gibt's nichts zu sehen
10.	Tube auf den Kopf stellen
11.	Ich sagte drücken, nicht ziehen! Ist das denn so schwer zu verstehen?
12.	Hey, das sind jetzt aber schon zwölf Warnhinweise!

Anteil von Gehörlosen unter deutschen Volksmusikern

Quelle: Meldestelle für Persönlichkeitsstörungen, 12/03

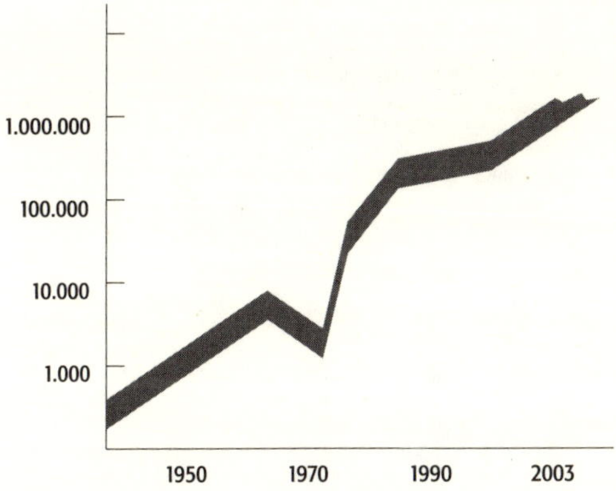

Rechtsradikale Gesinnung unter deutschen Haustieren

Quelle: ein Hamster, der nicht genannt werden möchte, 5/03

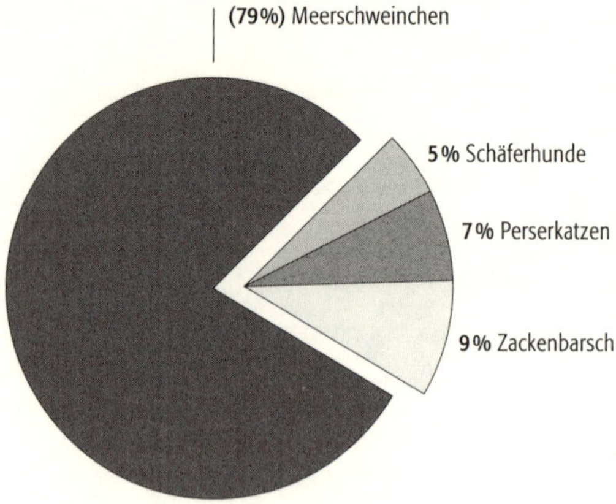

Die zehn größten deutschen Wunder

Quelle: Bistum Fulda, 2/04

Das Wunder von **Bern**	(Fußball, 1954)
Das Wunder von **Lengede**	(Bergwerk, 1963)
Das Wunder von **Enger**	(Brennender Dornbusch spricht, leider sehr undeutlich, 1966)
Das Wunder von **Berlin**	(Mauer geht kaputt, 1989)
Das Wunder von **Riehm**	(Hörgeräteakustiker kann wieder sehen, 1972)
Das Wunder von **Gronau**	(12 Oberhemden bei Halbach für 9.99 DM, 1989)
Das Wunder von **Bielefeld**	(Der 34er kommt nur 3 Minuten zu spät, 12.4.1983)
Das Wunder von **Kahl**	(Meteorit verschont zuerst Kahl, dann den Rest der Welt, 1999)
Das Wunder von **Ilmenau**	(Kevin Luck macht freiwillig Hausaufgaben, 1994)
Das Wunder von **Saarlouis**	(Martin Berger ersetzt Brian Jones bei den Stones, bis Mick Jagger merkt, dass er sich verwählt hat, 1966)

Was sich die Deutschen leisten können

(Stand: Januar 2004) - Angaben in Prozent -

Item	West	Ost
Bolzenschussgerät	12	42
Fußmatte mit lustigem Aufdruck	38	86
Teilchenbeschleuniger	0,3	0,02
Ersatzbrille	42	13
Fototapete mit Palmenmotiv	11	95
Vierspurtonbandgerät	3	4
Papier und Bleistift	87	95
Papier ohne Bleistift	95	98
Ausgestopfte Waldohreule	2,3	55
Furzkissen	14	98
Aquarium mit Bewegungsmelder	10	88
Karies	85	84
Hummerzange	21	76
Hummerhammer	15	84
Hummer	35	4
Essbare Unterwäsche	14	95
Waschmaschine mit GPS für Socken	5	6
Heizdecke	88	89
Erinnerungen an damals	36	99

Deutsche Erfindungen

Quelle: Patentamt, 2004

466 v. Chr.	– Der deutsche Wald
350 v. Chr.	– Die schlechte Laune
244 v. Chr.	– Das schlechte Wetter
900	– Die Reichsacht
903	– Die Reichsneun
1007	– Die Käseecke
1221	– Die Warteschlange
1444	– Das Sofakissen
1489	– Die Schublade
1495	– Das Schubladendenken
1546	– Die Melancholie
1589	– Die schwedische Gardine
1616	– Der Elefant
1743	– Das Telefonhäuschen
1777	– Das Telefonbuch
1778	– Die Telefonrechnung
1845	– Tortenheber mit Rückstoßventil
1861	– Das Sodbrennen
1863	– Das Telefon
1912	– Die unzerreißbare Glübirne
1921	– Das gute Gewissen
1922	– Rasierwasser mit Kohlensäure
1923	– Der sprechende Schwamm
1924	– Der schweigende Schwamm
1926	– Die Psychiatercouch zum Ausklappen.
1930	– Stilles Rasierwasser
1939	– Der Nazifilm
1942	– Der Kessel von Stalingrad (teflonbeschichtet)
1945	– Die Trümmerfrau
1956	– Zahncreme und Mundwasser in einem
1954	– Das 3:2
1961	– Die Beatles
1964	– Den Atombusensperrvertrag
1970	– Das Dixi-Klo
1971	– Die Breitcordhose mit Schlag bei den Frauen
1972	– Die aufblasbare Kotelette für den Herren
1980	– Das Sechskornbrot

So was muss man sich in Deutschland unbedingt angucken

Kölner Dom *Der größte Dom, den sie in Köln haben. Es ist das hohe Gebäude, gleich wenn Sie aus dem Bahnhof kommen. Wenn Ihr Fußweg länger als zwei Minuten sein sollte, dann haben Sie sich verfahren und stehen vor dem Ulmer Münster. Kann man sich aber ruhig auch angucken, es ist das höchste Ulmer Münster der Welt.*

Die Zugspitze *Der einzige Dreitausender Deutschlands, nach Plänen Ludwigs II. gebaut, leider bis heute nicht fertiggestellt, darum nur 2.985 m hoch. Wenn man von oben runterschaut, wirkt es aber wie 3000. Grandioser Blick auf die Jungfrau (4.158 m), den Eiger (3.970 m) und das Matterhorn (4.477 m), sowie auf die eigenen Füße.*

Lüneburger Heide *Ungeheuer großes flaches Gelände, auf dem viel Heidekraut wächst. Wahrscheinlich das größte zusammenhängende Gelände, auf dem Heidekraut wächst.*

Neuschwanstein *Schloss von König Ludwig II. Er wollte Deutschland mit einem flächendeckenden Netz von Märchenschlössern überziehen, um dann von den Eintrittsgeldern zu leben. Verliebte sich in Romy Schneider und drehte mit ihr die Filme* Sissi I–III. *Wurde darüber wahnsinnig, deshalb konnten leider nur Neuschwanstein, Herrenchiemsee, Linderhof und die Bundesanstalt für Arbeit fertig gestellt werden.*

Sylt *Merkwürdig geformte Insel, deren Umrisse sich ganz viele Deutsche hinten auf ihr Auto kleben. Damit wollen sie zum Ausdruck bringen, dass sie es sich leisten können, so einen Aufkleber* *zu kaufen. Auf Sylt leben viele reiche Menschen, die sich dort prächtige Häuser gebaut haben. Das gefällt dem Meer nicht und deshalb versucht es, sich Sylt zurückzuholen. Die Insel ist mit dem Hindenburgdamm an Schleswig-Holstein befestigt, das der Kenner als Festland bezeichnet. Nicht verpassen: Besuch der Bäckerei Abeling in Westerland.*

Brandenburger Tor *Sollte man unbedingt gesehen haben, damit man sagen kann: Ich habe das Brandenburger Tor gesehen. Im Prinzip sechs Säulen, oben ein Querbalken und darauf die Quadriga, der Vierspänner der Siegesgöttin. Es gibt interessantere Gebäude in Deutschland, aber dieses hat irgendeine ungeheure symbolische Bedeutung. Fragen Sie einfach einen Einheimischen danach.*

Rothenburg *Die einzige komplett erhaltene deutsche Stadt aus der ganz guten alten Zeit.*

Bielefeld *Wenn Sie sehr wenig Zeit haben, schauen Sie sich nur Bielefeld an, da wird Ihnen einiges klar. Besonders empfehlenswert: der Jahnplatz und der Ostwestfalendamm (soll die Stadt vor Flutkatastrophen schützen, was bisher auch gut funktioniert hat).*

Frankfurt *Diese Stadt ist so gut, dass man sie gleich zweimal gebaut hat. Wir raten zu Frankfurt am Main. Dort wurde Goethe geboren, und in der Paulskirche wurde die Demokratie erfunden – allerdings nicht von Goethe.*

Frauenkirche zu Dresden *Lange Zeit das größte 3-D-Puzzle der Welt. Wurde 1945 durch Unachtsamkeit eines amerikanischen Bomberpiloten zerstört und erst 2005 wieder vollständig zusammengesetzt.*

Österreich *Ähnlich wie Deutschland, nur mit höheren Bergen,* *schönerer Hauptstadt und besseren Mehlspeisen. Außerdem überschaubarer.*

Schweiz *Ähnlich wie Deutschland, nur mit noch höheren Bergen als Österreich und sauberer. Wenn Sie ein menschenverachtender Regimeführer aus einem Land der 3. Welt sind, können Sie in der Schweiz Ihr unrechtmäßig erworbenes Geld günstig und diskret verzinsen lassen.*

Ostdeutschland *Riesiger Freizeitpark. Besonders schön: Rügen.*

Bodensee *Das Kaspische Meer Deutschlands. Gehört aber auch zu Österreich und der Schweiz. In der Mitte eine Insel voller Balkonblumen, für die Sie Eintritt zahlen müssten, aber das tun Sie sich ja nicht an.*

Badenweiler *Hier verstarb im Jahr 1904 Anton Tschechow. Das muss man sich mal vorstellen. Der Mann hatte das ganze riesige russische Reich zum Sterben zur Verfügung, stirbt aber ausgerechnet in diesem kleinen verkehrstechnisch immer noch nicht erschlossenen Ort im Schwarzwald. Vielleicht können Sie ermessen, wie schrecklich es da sein muss.*

Hermannsdenkmal *Unglaublich hässliches Denkmal. Erinnert an den Moment, als die Germanen den Vormarsch der Römer stoppten, die ihnen Bildung und Kultur bringen wollten. Das Denkmal steht an der völlig falschen Stelle, der Römerstopp fand 60 km westlich statt. Da sieht man mal, was fehlende Bildung alles anrichten kann.*

Der 50. Breitengrad *Ist in Mainz direkt auf der Ludwigstraße verlegt. Wenn Sie so was interessiert, müssen Sie da hin.*

Eiffelturm *Können Sie hier lange suchen.*

Schwebebahn *In Wuppertal fährt die Straßenbahn auf einer*

Schiene, und zwar auf dem Kopf. Also das Dach von der Bahn liegt auf der Schiene, aber die Fahrgäste hängen mit den Füßen nach unten im Waggon. Wahnsinn!

Wartburg *Dort warf Luther ein Tintenfass nach einem Fleck an der Wand, der ihn störte. Daraus entstand der Protestantismus und der Fleckenteufel. Den Fleck kann man heute noch besichtigen, er wird monatlich erneuert.*

Autobahnkirche Exter *Sollten Sie mal in religiöse Raserei verfallen, einfach die Wahnblinkanlage einschalten und hier aussteigen. Sie werden getröstet werden.*

So wird Deutschland repariert

Ersatzteile bei Funktionsstörungen, DDR, Mallorca, Wichtige Telefonnummern

Die Bundesrepublik Deutschland war 41 Jahre lang ein einmaliges Staatsgebilde, wie es auf der Welt wohl kein zweites gab. Denn die Bundesrepublik war der einzige Staat auf der Welt, der sich umfassend auf seine komplette Vernichtung vorbereitet hatte. Man traf alle Vorkehrungen für den Fall, dass große Teile oder jedenfalls entscheidende Teile wie Sylt, Rothenburg oder der Schwarzwald kaputtgehen sollten. Dafür gab es ein riesiges und fantastisch bestücktes Ersatzteillager, DDR genannt. Es enthielt alles, was man zum Betrieb eines Staates brauchte. Allerdings etwas kleiner und minderwertiger. Es gab eine Bevölkerung von 20 Millionen, was zumindest schon mal ein Anfang gewesen wäre. Im Katastrophenfall wäre Sylt durch Rügen ersetzt worden, Rothenburg durch Quedlinburg und der Schwarzwald durch den Thüringer Wald. Die Insassen des Ersatzteillagers genossen natürlich nicht den gleichen Lebensstandard wie die Bewohner des echten Deutschlands. Man gab ihnen keine Bananen, keinen Bohnenkaffee und keine Nylonstrümpfe. Sie durften nur in Plastikautos herumfahren und wurden außerdem systematisch unterdrückt. Das geschah aus taktischen Erwägungen, denn die DDR-Insassen sollten sich nichts Schöneres vorstellen können, als einmal im richtigen Deutschland zu leben, sie sollten einfach wild darauf sein, den Laden mal übernehmen zu dürfen. Leider musste das fantastische Ersatzteillager im Jahr 1989 geschlossen werden, die Ersatzteile gingen auf die Straße und forderten ihren sofortigen Einbau in die BRD. Gegen jede Vernunft wurde dieser Einbau 1990 durchgeführt, die Bundesrepublik hatte nun etwa 20 Millionen überflüssige Teile, die sich in nicht funktionstüchtigem Zustand befanden. Seitdem läuft in Deutschland eigentlich nichts mehr rund. Und was noch schlimmer ist, es gibt praktisch keine Ersatzteile mehr.

Man hat sich allerdings noch ein anderes Katastrophenszenario überlegt. Sollte nur ein Teil der Bundesrepublik kaputtgehen, könnte er durch Mallorca ersetzt werden. Auf dieser Mittelmeerinsel werden einige Tausend vermögende Deutsche das ganze Jahr zwischengelagert und im Sommer kommen dann noch bis zu eine Million Pauschaldeutsche hinzu. Falls ein Meteorit das Saarland pulverisiert, könnte dieser marginale Verlust aus Mallorca-Beständen problemlos wieder aufgefüllt werden.

Man sieht, dass in Deutschland viele Dinge auf das Wünschenswerteste geregelt sind. Doch bringt diese umfassende Vorsorge nicht nur Gutes, denn viele Probleme in diesem Land rühren einfach daher, dass die wenigsten Deutschen wissen, ob sie nun Ersatz- oder Originalteile sind.

Wichtige Telefonnummern und Verhaltensmaßregeln

1. Wenn Sie irgendwelche verdächtigen Gestalten in grauen Anzügen oder mit blauen Narrenkappen um ihr Haus schleichen sehen, dann ziehen Sie die Vorhänge zu.
2. Bei Ebbe keine Grundstücke an der Nordsee kaufen.

3. Bei plötzlich einbrechender geistiger Umnachtung genügt es, ein Wahndreieck aufzustellen.
4. Wenn Ihnen das Foto im Personalausweis nicht mehr ähnlich sieht, dann sind Sie es mit großer Wahrscheinlichkeit auch nicht mehr. Rufen Sie die Telefonseelsorge an: 0800 110111, falls Sie evangelisch sind, oder 0800 1110222, falls Sie katholisch sind. Sollten Sie atheistisch sein, dann rufen Sie einfach 666 (ohne Vorwahl).
5. Wenn Sie Schwierigkeiten haben, nach Deutschland reinzukommen, rufen Sie den nächsten Schlüsseldienst, z.B. die Fa. Poschadel in Berlin: 030 /21 47 44 16.
6. Sollten Sie Schwierigkeiten haben, aus Deutschland rauszukommen, werfen Sie Ihren Pass weg, malen Ihr Gesicht schwarz an und sagen der Polizei, dass Sie um Asyl nachsuchen. Man wird Sie dann in ein westafrikanisches Land Ihrer Wahl fliegen.
7. Wenn Ihnen Deutschland nicht gefällt, dann setzen Sie sich mit dem örtlichen Heimatverein in Verbindung. Machen Sie konkrete Vorschläge, wie man Deutschland verschönern kann, und fangen Sie ruhig bei sich an.

So wird Deutschland ausgeschaltet

Bevor Sie zu Bett gehen, denken Sie bitte daran, Deutschland auszuschalten. Es ist nicht gut für das Land, wenn es die ganze Nacht weiterläuft. Der Schalter befindet sich an Ihrer Nachttischlampe.